NOS

Julia Codo

Você não vai dizer nada

*E se um pássaro enlouquecido cantasse?
Esperança inútil. O canto apenas atravessaria como
uma leve flauta o silêncio.*

Clarice Lispector

Alguien entra en el silencio y me abandona.
Ahora la soledad no está sola.
Tú hablas como la noche.
Te anuncias como la sed.

Alejandra Pizarnik

9	Você não vai dizer nada
25	Duas sereias
37	Quando as coisas ficaram pequenas
49	A segunda pior dor
63	Golden Gate
71	A história do ar
81	Olhos, cabelo
93	As coisas perdidas
101	Como se fechassem janelas
109	Enquanto os outros dançam
117	O colapso das colônias
131	A história em preto e branco
143	Os dois finais

Você não vai dizer nada

1.
Estávamos na estrada. No fundo, se via o mar, de um azul muito claro – desses que parecem a blusa brilhante que a minha avó usa no Natal – e também uma vegetação rasteira escura acompanhada de pedras brancas. Pensei: meu deus, esse lugar é muito bonito, muito bonito mesmo, mas não sabia no que ele estava pensando. Eu olhava para a mancha em seu braço quando ele mudava de marcha e depois outra vez na direção do horizonte, que sim, sim, era muito bonito, mas me parecia um pouco repetitivo: mar, vegetação, pedra, céu, asfalto, painel do carro, mancha no braço, camiseta vermelha, mar, vegetação, pedra, céu.

Só tínhamos três CDs, que escutamos durante toda a viagem de ida e, agora, de volta. Os maiores sucessos do Dorival Caymmi, uma coletânea de soul dos anos setenta e "Chega de saudade" do João Gilberto. Esse último foi o que menos tocou. Eu tentava arrancar um pedaço de pele no canto do dedo, primeiro com as unhas da outra mão e depois com os dentes, então olhei de novo para a mancha no braço dele e me dei conta de que estávamos em silêncio já havia algum tempo, então disse *não podemos colocar no rádio?* E ele disse *aqui não vai pegar*. Queria dizer mais alguma coisa e tentei pensar em algo novo que ele ainda não soubesse, mas como, como, se já conhecíamos tudo igual, narrávamos a mesma versão de mundo?

Li uma placa que dizia *controllo elettronico della velocità* e disse em voz alta *controllo elettronico della velocità*. Ele continuou olhando para a estrada, mudou de marcha, e repetiu *controllo elettronico della velocità*. Depois cantamos juntos uma parte da música do Marvin Gaye, *Don't you know how sweet and wonderful life can be/ I'm asking you baby to get it on with me*. Eu estava especialmente cansada dessa parte.

2.
Eu não sabia, mas podia imaginar. A baleia tinha quatorze metros e morreu de causas naturais no mar Mediterrâneo. A baleia seria velha, teria mais de noventa anos. É possível também, penso, que tenha se chocado com um veículo marítimo ou que tenha se perdido e ficado sem alimento – atordoada pelo ruído subaquático produzido por navios de carga, lanchas e outras embarcações. Ninguém sabe o que acontece na profundidade confusa do oceano.

Na noite em que a baleia morreu, uma mulher nadou sozinha no mar. Ela não teve medo e pôde ver o dedão do pé iluminado pela luz da lua. Ali, naquele mesmo local, há muitos anos, um navio naufragou. Dentro do navio estava um velho pianista que viajava à Grécia em busca de um filho perdido. A baleia flutuou um pouco em silêncio e depois foi levada pela corrente marítima até a praia. Chovia. De manhã bem cedo, ao se prepararem para embarcar na água revolta, os pescadores avistaram sua carcaça na areia. Antes de avisarem as autoridades da

Capitania dos Portos, olharam mais ou menos admirados e passaram as mãos sobre sua pele cinzenta. Um deles pensou que a pele parecia borracha. Moradores e turistas foram à praia ver o animal. Muitas pessoas quiseram ser fotografadas ao seu lado e também se revezaram para subir em seu corpo.

Isso aconteceu em agosto, os órgãos públicos estavam de férias, funcionando com a capacidade reduzida. A Capitania dos Portos disse que a remoção da carcaça deveria ser feita pela Prefeitura, que contatou a Vigilância Zoossanitária, que por sua vez disse que tudo dependia da autorização do Ministério do Meio Ambiente. A operação custaria cerca de 30 mil euros e desencadeou uma discussão sobre qual órgão deveria pagar por ela. Isso durou dias e envolveu mais alguns entes públicos. O corpo da baleia permanecia pesado sobre a areia quente como magma.

Um grupo de meninos passou uma tarde rodeando o bicho com pedaços de graveto, cutucando e examinando com cautela cada resto de carne abandonada. Boca aberta muito vermelha, língua do tamanho de uma prancha de surf, dentes que pareciam ossos, uma barbatana erguida que parecia ainda ter vida. As baleias em decomposição podem trazer risco à saúde pública e causam mau cheiro, o que impediu posteriores explorações. Em função da lentidão da burocracia estatal, a baleia – que descobriram ser do sexo masculino – recebeu o nome de Valentino. A alcunha foi utilizada massivamente pela imprensa local. Os meninos fizeram uma canção: *Va lentino, Valentino*.

Depois de mais discussões, funcionários da Marinha e da Prefeitura tentaram amarrar uma corda em volta do corpo da baleia morta para removê-la com um trator. Não é simples solevar um animal de trinta e duas toneladas; a gordura e a pele úmida faziam com que a corda escorregasse. Depois de um dia de trabalho inútil, no fim da tarde, o prefeito chegou, irritado, e disse *Siete veramente degli imbecilli.*

Havia a possibilidade de puxá-la para um local mais seco e cortá-la com uma máquina, para assim remover os pedaços, ou de cavar uma fossa na areia e enterrá-la ali mesmo. Autoridades nacionais, porém, decidiram que ela seria levada a um instituto de pesquisas, onde passaria por autópsia e serviria de objeto de estudo. Foram necessários, então, dois guindastes. Sete horas depois, a baleia foi atada à parte externa de um caminhão.

3.

Então, sim, estávamos nesse lugar lindo, com todas essas coisas que os lugares lindos têm, essas coisas que aparecem nos filmes, mas, quando fizemos uma curva, a luz veio para dentro do carro e iluminou o braço dele. Eu achei que a mancha parecia um peixe e me distraí com essa imagem por alguns segundos.

Entramos numa cidadezinha porque eu precisava ir ao banheiro. As casas eram todas beges com portas de madeira pequenas; a cabeça de uma pessoa mais alta não passaria ali. Já não se via o mar, só um pedaço de céu. Fazia bastante calor e não havia quase ninguém na rua, apenas um velho magro que usava uma boina. Ficou nos encarando com uns olhos muito redondos, mais redondos que o normal mesmo, e azuis, do mesmo tom da cor do mar e da blusa que a minha avó usa no Natal. Eu queria dizer *você viu os olhos daquele homem?* Mas ele não entenderia o meu espanto. O velho estava sentado na escadinha da entrada de uma das casas e tinha um pedaço de pão nas mãos. Um cachorro grudou no meu pé e me seguiu pela ruela; eu balançava a perna esquerda, mas ele não se afastava nem um centímetro. E assim nos dirigimos até a porta do Bar Fabrizzi, o único aberto ali. O velho continuava olhando fixamente.

Havia uma cortina com pedrinhas coloridas na entrada. Todos os bares nessa ilha têm uma cortina assim. Compramos um sorvete, e eu pedi um refrigerante. Ele tomou um café. Éramos os únicos clientes. Fiquei de novo olhando o braço e como ele se movia ao balançar a colher dentro da xícara. O ruído era alto. Como, me perguntei, como pode uma colher tão pequena fazer um barulho tão grande?

Quando ele foi ao banheiro, eu me levantei e conversei um pouco no balcão com o Fabrizzi, que gostava do Ronaldinho Gaúcho. Depois pagamos e caminhamos de volta até o carro. O velho dos olhos azuis redondos olhou para mim e gritou *Francesca!* Devolvi o olhar por um instante, mas eu não me chamo Francesca, então segui caminhando sem me virar. Casas beges, portas pequenas, rua, pedaço de céu. *Velho louco*, ele disse. *Que medo*, eu disse. O cachorro nos acompanhou até o carro.

De volta à estrada, tudo seguiu se repetindo. Dessa vez, vi também uma ponte por onde passava um trilho, algumas plantações de lavanda, um rio, rolos de feno – havia muitos, muitos rolos de feno por ali, acho que serviam para alimentar as ovelhas – e as ovelhas, que apareceram duas vezes, primeiro num campo perto de uma plantação de lavanda, depois na carroceria de um caminhão.

Olhava tudo umas três vezes, ia virando o rosto de um lado para o outro. Gostava de ver todas as coisas emolduradas, três molduras: a moldura do olho, a moldura dos óculos de sol, a moldura da janela. Passamos outra vez para o álbum do Caymmi. Era um lugar muito bonito, só tínhamos três CDs e não chegávamos nunca. Eu sei que estou me repetindo, mas queria dizer que uma vez, havia alguns anos, durante outra viagem àquela mesma ilha, tínhamos conversado sobre esses rolinhos de feno que me agradavam. Perguntei por que deixavam o feno daquele jeito, e ele me disse que assim era mais fácil transportá-lo.

4.

O sol começava a baixar, mas ainda havia muito calor, os trabalhadores suavam e sentiam os dedos da mão incharem. A morte da baleia (cheiro, boca aberta) e os guindastes (ferro fundido e aço) arruinavam a paisagem e embruteciam a água azul translúcida, a areia e as pedras brancas.

Enquanto se ocupavam de enlaçar a baleia com as alças presas ao guindaste, seis homens ficaram calados, um homem assobiou, outros dois homens davam instruções. Banhistas assistiram à cena e tiraram fotos, cinegrafistas registraram as imagens, que passaram no noticiário após a telenovela *Un Posto al Sole*. O cheiro do animal começava a ficar forte. Quando finalmente a baleia foi erguida, algumas pessoas aplaudiram, uma senhora fez o sinal da cruz, uma turista escandinava com princípio de insolação teve ânsia de vômito. O corpo foi amarrado ao caminhão. O motorista subiu no veículo, arrastou a porta pesada, acenou pela janela. Sorria. Um menino sustentava um cartaz: CIAO VA-LENTINO. Deu partida no motor. O menino abaixou o cartaz e acompanhou o veículo com os olhos para ver a baleia uma última vez.

O motorista tinha um dos braços quase negro e o outro muito mais claro. Olhos pretos e pequenos. Enquanto dirigia, olhou a paisagem, acendeu um cigarro, apoiou o braço na janelinha. Às vezes também colocava o rosto para fora e sentia o excesso de luminosidade e o ar muito quente, apesar do fim da tarde. Viu o mar, uma ponte por onde passava um trilho, plantações, um rio, rolos de feno, ovelhas. Sentiu cheiro de mar, de peixe, de carne podre e de lavanda.

5.
Nos conhecemos na festa de um amigo em comum, longe dali. Não havia mar, não havia pedras brancas, baleias, e quase não havia céu. Estávamos sentados num sofá e uma moça derrubou vinho na minha blusa. A moça estava muito bêbada e disse que formávamos um belo casal.

Não pediu desculpas. Eu morri de vergonha porque não fazia nem dez minutos que o tinha visto pela primeira vez e era como se a moça soubesse (como sabia?) que eu queria que ele olhasse para mim. De todos os modos, é muito provável que ele não tenha entendido nada.

Fui ao banheiro jogar água sobre a mancha vermelha da roupa e voltei. Ele ainda estava sentado no mesmo lugar, acho que me esperando. Tinha o rosto quadrado e não falava português, mas nos comunicamos bem – de modo não muito fluido, mas incrivelmente bem –, usando um inglês capenga ou qualquer língua inventada, às vezes com a ajuda das mãos.

Fiz perguntas sobre sua profissão e o motivo que o teria feito vir, energia renovável, painéis solares, usinas hipotérmicas etc. Por sorte, logo passamos a falar dos seriados americanos e das receitas de ragu. No final da noite, ajudamos a carregar a moça bêbada que havia vomitado na escada até o banco traseiro de um carro.

O rosto dele, sim, era quadrado, mas tampouco era tão quadrado. Era normal, um rosto normal, desses que não chamam a atenção. Mas havia algo de inédito no espaço entre o nariz fino e pontudo e a boca ampla que, às vezes, quando estava distraída e o via de relance, fazia com que ele por alguns segundos parecesse um paladino, ou talvez um pássaro orgulhoso. Agora sei, no entanto, que sempre foi a voz, o modo como ela saía de sua garganta como se escapasse de uma caverna escura, ora rouca, ora delicada. O modo despretensioso como pronunciava qualquer coisa em uma língua ou não língua.

A forma desastrada de dizer algumas palavras, a forma muito aberta de dizer as vogais.

6.
Em algum momento da vida as coisas começam a dar errado. O corpo da baleia. O universo, as viagens intermináveis, os silêncios, a música repetitiva.

7.
Ele me beijou no carro no meio de uma frase caótica, eu tentando me fazer entender. Devia estar contando um dos meus relatos de viagem, costumava usá-los para impressionar os garotos. Eu mexia muito as mãos na altura do rosto e me preparava para dizer alguma palavra formidável; quando notei, a língua dele estava nos meus dentes. A primeira reação foi puxar a cabeça para trás – eu me lembro até de um ligeiro golpe contra o vidro –, mas logo achei melhor projetar os lábios na direção contrária para também lhe entregar a língua. Foi um beijo desajeitado, não foi mesmo o melhor beijo.

Pouco tempo depois, porém, sem que nos déssemos conta, estávamos vivendo juntos, já falando a mesma língua, de modo idêntico, com as mesmas vogais abertas. Era involuntário, eu passei a imitar a sua forma de falar e nós criamos um idioma próprio, um sotaque esquisito. Ensinei a ele uma estratégia que usava quando criança, consistia em anotar as palavras recém-descobertas em um caderno. Após registrada, a palavra precisava ser dita o mais rápido possível para não ser esquecida. Muitas vezes ela era utilizada de modo forçado, em contextos pouco apropriados – com frequência surgiam frases esdrúxulas –, ainda assim era um método infalível contra a desatenção linguística.

Nós dois vivemos em três países diferentes. Éramos atrapalhados juntos, chegamos mil vezes atrasados em aeroportos, mas compramos casacos impermeáveis e discos de vinil. O braço dele, esse mesmo braço que agora movia a marcha, todas as noites se alojava pesado sobre as minhas costelas e atrapalhava o meu sono. Colávamos poemas na geladeira e tínhamos que decorá-los. Abríamos um livro em uma página qualquer e líamos em voz alta a primeira palavra que aparecesse. Isso normalmente acontecia de madrugada, depois de beber vinho ou destilado.

Falávamos muito. De que tanto falávamos? Tento me lembrar, mas um grande branco vem à mente. Vejo a imagem da sala do apartamento e nós dois sentados na mesa de jantar. Aos poucos, a imagem vai perdendo nitidez, como quando você está revelando uma fotografia analógica, mas ao contrário: em vez de surgirem progressivamente no papel, os móveis e as figuras de nós mesmos vão se apagando, até ficarem da cor das paredes e desaparecerem.

Não me lembro, não entendo, quando, como, chegamos aos tempos em que já conhecíamos todas as palavras, todas as línguas, todas as coisas, e a paisagem começou a se repetir. Eu queria avisá-lo nesse momento, queria dizer *estamos apagando*.

8.
O motorista do caminhão assobiava nesse momento. O braço mais escuro para fora da janela sustentando o cigarro. Rosto morno e pegajoso, axilas empapadas. O perfume da lavanda agora parecia mais doce, talvez enjoativo. Pensou na filha de seis anos, gostaria de mostrar a baleia a ela. Seria bom se a criatura estivesse viva, se pudesse respirar mesmo atada à carroceria, inodora ou com cheiro de mar. Ele levaria a baleia para casa e a filha diria *parece um navio*. Depois a umedeceriam com uma mangueira. Veriam a baleia mexer uma das nadadeiras, dariam tapinhas em seu lombo e a devolveriam ao oceano.

9.
Eu nunca tinha reparado naquela mancha do braço dele. Talvez tivesse aparecido depois, poderia ser uma mancha de limão ou algo assim. Até aquele momento havia poucos carros na estrada. Aos poucos, vi o braço diminuindo a marcha, da quinta para a quarta, da quarta para a terceira, da terceira para a segunda, e senti o meu corpo mais lento. Olhei em frente e senti o tranco de uma freada um pouco mais intensa, então vi que tínhamos alcançado um pequeno congestionamento. Minha cabeça doeu. Uma bigorna de desânimo e tristeza despencou bem no centro da minha testa.

Carros – pareciam achatados, nós compactos – multiplicavam-se, de muitas cores, sob o sol, dentro do cenário, um local onde aquelas máquinas não combinavam. Estávamos num lugar lindo, a estrada estava parada e tocava pela terceira vez o disco do Caymmi. Eu disse *você não vai dizer nada?* E ele disse *dizer o quê?*

As pessoas estavam dentro dos carros, mas quem, o que falavam? A imobilidade durou muitos minutos, e elas começaram a descer dos veículos. *Deve ter sido um acidente.* Nesse momento, reparei também em suas orelhas. Eu olhei para o rosto dele, que agora parecia bem menos quadrado, ou talvez eu só tenha me acostumado com aquelas linhas. O braço agora parado junto às pernas. Acho que falamos coisas como *que saco*, ou talvez tenhamos usado a variante italiana *che palle*. Reclinamos os bancos, eu estiquei as pernas e apoiei os pés sobre o painel. Ele dormiu. Eu fechei os olhos, mas não consegui pegar no sono. Alguns minutos se passaram. *Vou descer*, eu disse, e abri aquela porta velha empoeirada. *Aonde você vai? Fique aqui.*

Segui em frente pela estrada e caminhei alguns metros, na verdade muitos metros, com outras pessoas, todas de costas. Conforme progredíamos, levavam as mãos ao rosto, cobrindo as narinas de um cheiro putrefato que invadia os pulmões. Então vi tudo tingido de vermelho, a estrada tomada por pedaços de algo não identificável, pedaços também vermelhos, espalhados pelo asfalto, pelos carros, sobre a vegetação.

10.
Uma baleia explodiu, foi o que disse a mulher alta com óculos escuros. *Una balena è esplosa.* Não sei nem como começar a explicar, mas foi assim: uma baleia explodiu.

Uma baleia de quatorze metros morreu de causas naturais, ou por ter se chocado com um veículo marítimo, ou por ter se perdido e ficado sem alimento, e as ondas a levaram até a praia.

A baleia foi atada à parte externa de um caminhão e estava sendo levada a um instituto de pesquisas, onde passaria por autópsia. Por volta das 17 horas, o corpo da baleia passava por um lugar lindo, uma estrada elevada da qual se via o mar azul muito claro e brilhante, desses que parecem a blusa da minha avó, uma vegetação verde escura e pedras brancas. No momento em que passava por esse lugar (ovelhas, rolos de feno etc.), a baleia explodiu.

Algumas baleias explodem depois de morrer, disse um funcionário da Marina Militare com olhar resignado. Ele mascava chiclete.

Um homem com rabo de cavalo assentiu com a cabeça e disse que isso era até bastante comum. É por causa do processo de decomposição. *Elas incham e ficam com um acúmulo de gases dentro do corpo, que é excessivo, por conta do tamanho. Aí, quando o corpo é exposto ao calor, os gases se expandem.*

11.
Após ouvir o estrondo, o motorista que conduzia o corpo do animal brecou abruptamente, dois veículos atrás dele se chocaram. O motorista desceu, todos os carros pararam, então houve uma segunda explosão. Pedaços de baleia voaram pelos ares e desapareceram atrás das pedras. A baleia se tornara uma bexiga de água atirada contra a

parede, uma panela cheia de ragu que cai no piso e mancha os azulejos, morangos batidos em um liquidificador sem tampa, um homem pisando numa granada.

A estrada e algumas pessoas foram cobertas de sangue; um pedaço de tripa quebrou o vidro de um carro; o sangue continuou jorrando da barriga aberta por mais alguns minutos. Os gases da baleia também tomaram o ar, como a neblina que cobre a estrada na serra, mas com um forte odor. O motorista, tingido de vermelho, estava quase chorando. Tirou um pedaço de víscera do ombro e pegou o celular para avisar as autoridades.

12.

O brilho do mar muito azul contrastava com o rubro também brilhante do sangue da baleia e com as pedras brancas, algumas delas manchadas de vermelho. Seria bonito se não tivesse cheiro, se não fosse a presença de um corpo morto, de algo acabando.

Como se estivéssemos na guerra, uma mulher apareceu com o rosto coberto de sangue. Ela estava em estado de choque e alguém lhe entregava um pacote de lenços e uma garrafinha d'água. Seu carro, um Fiat Panda branco, estava completamente tinto.

A explosão de uma baleia pode levar pedaços de carne a até 300 metros de distância, disse o homem com rabo de cavalo. Era uma criatura prolixa, que abria demais a boca ao falar, como se estivesse num palco, ou no salão nobre de alguma universidade antiga. Se eu tivesse levado meu celular, teria feito fotos. Eu estava sem bolsa, sem celular, cobrindo o rosto com um lenço de papel que um desconhecido havia me entregado. Sozinha na estrada com uma baleia explodida, pessoas avermelhadas e um homem com rabo de cavalo. A paisagem já não era a mesma, mas eu não sabia se isso era bom ou ruim. A Polizia Stradale trabalhava para tentar liberar uma das vias para o tráfego.

13.

Voltei ao carro. Ele estava nervoso, mas eu mostrei a sola vermelha das minhas sandálias. O sangue da baleia tinha respingado nos meus pés, umas gotas também se espalhavam pelas canelas. Ficou me olhando com aquela cara de espanto que há tanto tempo eu não via. Então passei alguns minutos falando da baleia, de por que alguns cetáceos explodem após a morte. Algumas coisas eu inventava para a história parecer ainda melhor. Ele me olhava, escutava, até fazia perguntas.

Aos poucos, o tráfego foi se liberando e voltamos a andar. Passamos pela baleia explodida, fechamos os vidros. Pude ver outra vez sua barriga aberta. As baleias quando explodem não voam completamente pelo ar, apenas suas barrigas ficam destroçadas, o corpo vazio.

Em algumas horas o sol iria se pôr, funcionários recolheriam pedaços de baleia, um caminhão-pipa jogaria água sobre asfalto, pedras e vegetação, que conservariam ainda algumas marcas de um vermelho pálido até a época de chuvas. Em breve, porém, tudo voltaria à sua coloração original.

Saudade da Bahia, É doce morrer no mar, Let's get it on. Já não se viam pneus, asfalto ou baleia. Ele voltou a ficar calado. Eu sentia calor e abria o vidro, mas o vento incomodava; fechava o vidro e abria de novo, porque sentia calor. Janelas escancaradas e ar seco, sem cheiro. Fechei os olhos e vi o velho com os olhos redondos azuis todo sujo de sangue, com um pedaço de tripa no rosto. Abri os olhos. Fechei os olhos e vi o mar. Abri os olhos. Era uma baleia, agora eu sei, a mancha no braço dele tinha forma de baleia.

Mar, vegetação, pedra, céu, asfalto, mancha no braço. Estávamos num lugar lindo. *Vamos embora daqui?*

Duas sereias

(terça-feira, 24/04, 13h10)
Hoje de manhã o despertador tocou às sete, mas eu já estava acordada. Todos os dias esse feixe de luz entra pela janela, bem na altura do meu olho esquerdo. E tem o Lucas, o papagaio da casa ao lado, que às seis e meia diz "bom dia, minha linda" e depois canta "Evidências" (só o refrão). Nossas casas são geminadas. A vizinha tem o cabelo da cor da almofada de cetim com minirrosas em relevo que minha mãe faz para vender na Praça da Matriz. Sempre achei que fosse carmim, mas minha mãe diz que não, que esse tom é hibisco. Temos três dessas almofadas no sofá da sala e mais duas no quarto da minha mãe. O marido da vizinha tem os cabelos brancos. Quando é ela quem acorda primeiro, diz "bom dia, Lucas" e depois os dois cantam. Quando é o marido, não cantam. E o Lucas diz "bom dia, minha linda", e não "meu lindo". O celular dele tem aquele toque que diz "Hello Moto", volume extra alto.

Empurrei o lençol e me sentei para esfregar as mãos no rosto. Depois me levantei muito rápido e fui até a cama da Duda para acordá-la. Ela está de férias e ontem ficou até tarde vendo desenhos no YouTube. Tentei várias vezes distraí-la, tirar o *tablet* das suas mãos, mas ela berrava. Hoje não queria se levantar, tive que arrastá-la chorando até o banheiro.

Eu teria deixado a Duda em casa, como outras vezes, se a minha mãe não estivesse com complicações por causa da diabetes. A perna direita está meio fraca, e também o pé, que está torcido, parece que mudou de forma, como se já não fosse pé de verdade, como se fosse um pé de argila modelado por um mau escultor. Os sapatos já não entram, é preciso comprar sapatos ortopédicos. Mesmo assim, ela continua comendo doces e acha que não me dou conta. Minha prima disse que vai vê-la nos dois dias em que estaremos fora, e o Jefferson da farmácia vai aplicar a insulina. Normalmente ela acorda cedo, mas hoje, quando saímos, ainda estava dormindo. Deixei um bilhete.

Eu estava atrasada, esquentando o pão na frigideira ao mesmo tempo que coava o leite. A mesa da cozinha está meio bamba e, quando me sentei, esbarrei de leve com a coxa na quina: metade do café se esparramou pela fórmica branca. A maior parte do líquido ficou em volta da caneca, dos dois lados, e formou uma mancha que parecia as asas de uma borboleta. A caneca no meio era o corpo da borboleta. Eu disse "olha, Duda, asas de borboleta". Ela parou de chorar só alguns segundos, mas logo recomeçou.

A viagem até que foi tranquila; a Duda dormiu no banco de trás. Acabamos de almoçar num posto da estrada. Já fiz duas entregas em Marisópolis. Comemos hambúrguer. Ela agora está colando figurinhas da Copa enquanto escrevo. Preciso seguir viagem. Noventa quilômetros até Almalândia.

(terça-feira 24/04, 22h00)

Passei a tarde entregando cosméticos. Quando vou à casa das clientes, preciso tentar vender algo mais. Levo duas sacolas grandes cheias de cosméticos e outros produtos que a Vera começou a vender na loja: touca de banho atoalhada, escova alisadora rotativa, *nécessaire* (três modelos), porta-pincéis, limpador nasal, borrifador de plástico. A Vera disse que preciso tratar a cliente como se fosse minha amiga, evitar usar a palavra "não" e sempre sorrir. Ela também me emprestou dois livros: "Como ser um bom vendedor em dez passos (comprovados)" e "Aumente seu poder de persuasão".

Na praça central de Almalândia há umas árvores com os troncos pintados de branco. Não sei por que fazem isso com as coitadas. As fachadas das casas também têm normalmente uma tira inferior pintada de cor diferente. É a cidade em que temos mais clientes. O dono do supermercado já me conhece e deu um picolé para a Duda. Às vezes ele me ajuda, me apresenta a novas compradoras. Fui até a casa de algumas hoje, mas não consegui vender nada. Às vezes as pessoas não querem abrir a porta. Mas vendi algumas trufas. A Vera não sabe que eu também vendo trufas. Há uns meses comecei a prepará-las nos fins de semana com a minha mãe.

A maioria das clientes antigas tem mais de setenta anos e passa muitas horas na frente da televisão. Aprendi o nome de todas, mas é difícil manter uma conversa que dure mais de cinco minutos. Elas não fazem nada o dia todo e mesmo assim estão sempre com pressa, não consigo terminar uma frase quando tento apresentar um produto novo. Olham para a porta ou para algum relógio pendurado na parede da cozinha. Nas casas delas há sempre uma toalha rendada e uma fruteira em forma de alguma coisa: folha, banana, peixe. Eu já disse que a Vera deveria vender tudo na OLX, mas ela não me escuta. De qualquer modo, se ela fizesse isso, talvez eu não tivesse trabalho. A Vera pinta os cabelos de loiro e usa batom rosa, cada dia um tom diferente: *pink, deep pink, french rose, salmon pink*.

A cunhada do dono do supermercado nos recebeu em casa, mas a Duda não parou quieta e quebrou um vaso ao tentar pegar um pato de porcelana em cima do móvel. A planta do vaso se estatelou no chão – a terra arrebentada debaixo da mobília, as raízes à mostra, quase sangrando – e ficamos as três em silêncio olhando aquilo por alguns segundos, como se não entendêssemos. Pedi desculpas, disse que ajudaria a limpar. Ela disse para eu não me preocupar, mas sua testa endurecida dizia o contrário. Saí com as duas sacolas escorregando nas mãos, puxando a Duda pelo braço. Ela já tem idade para entender que não pode se comportar assim. No carro, depois que acordou, tirou o cinto de segurança, se sentou no chão sujo e ficou dando patadas no meu banco, gritando "eu sou um elefante".

Gosto do hotel de Almalândia. É bastante limpo, silencioso. As toalhas e os lençóis são brancos. As toalhas e os lençóis dos hotéis devem ser sempre brancos, mas nem sempre é assim. Na entrada, há um aquário e, em volta dele, duas sereias douradas. A Duda ficou fascinada com elas e não queria parar de tocar as escamas das caudas. Mal olhou para os peixes. Eu fiquei com medo, imaginei o aquário em cacos boiando na sala inundada, os peixes morrendo. Nós adoramos aqueles minishampoos e condicionadores que eles deixam nos banheiros. Sempre levo para a Duda quando viajo sozinha. Ela usa para lavar o cabelo das bonecas.

Ela está deitada ao meu lado e agora dorme. Eu escrevo essas linhas e assisto à televisão. Estou cansada.

(quarta-feira, 25/04, 14h30)
Não parei nem por um minuto. Fomos a três cidades mais ou menos próximas. De manhã, só uma entrega em Nova Danúbio, depois mais estrada até Marisânia e Pedreirópolis. O que mais vende, além dos cremes antissinais, é a touca de banho atoalhada, mas ninguém está querendo comprar nada desta vez. Odeio mostrar o limpador nasal. Perguntam o que é e logo torcem o rosto. Eu também não compraria essas coisas.

A Duda continua muito agitada enquanto dirijo. Quando falo, não me responde. É como se ela fosse surda ou eu falasse outra língua. Quase nos envolvemos em um acidente porque ela tirou o cinto de novo e deitou, depois levantou as pernas, depois tirou os sapatos, depois encostou a boca e o nariz no vidro, depois lambeu o vidro, depois saltou, depois bateu a cabeça, depois ameaçou chorar, depois desistiu de chorar, depois pulou de novo. E havia uma luz estourando contra o vidro por volta do meio dia, e essa luz me persegue, e eu olhava para a estrada, olhava para o espelho retrovisor, virava o corpo e olhava para a Duda, olhava para a frente, olhava a luz, punha as mãos entre os olhos e a luz, punha o quebra-sol entre os olhos e a luz, e um carro buzinou, e outro carro apareceu de repente, e eu brequei.

Parei um minuto no acostamento para respirar, e ela disse: "mamãe, nós somos duas sereias".

Na rua principal de Marisânia só há um cachorro vira-lata, uma farmácia fechada e a "Borracharia Campeão", com um homem pálido atrás do balcão que fica olhando para as minhas pernas. É um lugar comprido sem janelas, com azulejos encardidos e pneus, tudo isso me rouba o ânimo. Não sei se há uma espécie de filtro sobre os meus olhos que deixa tudo feio, ou se as coisas são assim mesmo. Talvez seja culpa dessa maldita luz.

(quarta-feira, 25/04, 21h45)
As coisas melhoraram em Pedreirópolis por algumas horas. Quando fui entregar uns cremes para a Luciane na loja de sapatos, a Duda ficou brincando com o Juan Ignacio, filho da boliviana que trabalha no restaurante. A Luciane fala muito. Vários minutos sobre os detalhes do casamento da irmã, a roupa das madrinhas, as iniciais dos noivos nos guardanapos, os pratos do menu. O Juan Ignacio é um menino superobesinho, com o cabelo mais longo do que os outros meninos dessa idade. Ele e a Duda se deram bem. Concordei em levá-lo nas visitas.

Já tinha desistido de ficar procurando clientes novas e sorrir para elas, esticar os lábios enquanto tiro as coisas de dentro da sacola, o dia passando atrás das minhas costas, enquanto escuto algum pássaro, barulho de motor, a voz de alguém na rua. Então eu só entregaria os pedidos, devolveria o Juan Ignacio e voltaria logo ao hotel. Ou talvez comeria uma pizza com a Duda.

Telefonei para minha mãe depois do almoço. Estava tudo bem, mas seu pé direito formigava e ardia como se picado por insetinhos. Verdes, ela disse, insetinhos verdes. Andava testando formas de descer as escadas sem apoiar completamente o pé ruim nos degraus. Esses produtos que eu vendo são como o pé direito da minha mãe.

A cidade em que vivo não é tão pequena quanto Pedreirópolis ou Marisânia, mas se parece um pouco com elas. Um rio sujo, uma praça com poucas árvores de copas murchas, as calçadas de quadradinhos avermelhados, os letreiros gigantes do comércio, algumas lojas de sapato, nenhuma livraria.

Eu morei dois anos na capital do estado quando passei na faculdade. Uma professora do colégio me deu um livro da Lygia Fagundes Telles, eu gostei. Ela me emprestou outros livros. Depois comecei o curso de Letras na Federal, mas, um dia, durante uma aula sobre fonemas, morfemas e outras palavras assim, olhei para o teto, vi uma das lâmpadas piscando e decidi ir embora. Eu estava grávida.

Conheci o pai da Duda numa festa que tocava reggae e forró. Nunca gostei de reggae e forró, mas as meninas que moravam comigo queriam muito ir. Nós dois começamos a sair todos os fins de semana. Ele me buscava de moto. Ficamos juntos por algum tempo, mas não muito.

Quase todos os meses ele faz um depósito na minha conta, às vezes se esquece. Mora mais longe agora. De vez em quando aparece e leva a Duda para tomar sorvete; geralmente eu não estou, minha mãe o recebe. Ele também trabalha com vendas, mas de seguros. Não tem Facebook, por isso quase não me lembro mais do seu rosto.

Entrei com a Duda e o Juan Ignacio na casa da Wilma, uma senhora pequena que caminha com os gestos duros de um soldado. Ainda assim, uma pessoa que inclina a cabeça de modo doce quando fala, com uma casa repleta de porta-joias, de todos os tamanhos, inclusive aqueles muito pequenos, nos quais não cabe uma joia sequer, talvez apenas um par de brincos. É tudo muito organizado, o sofá parece extremamente macio. A Wilma recebeu as encomendas, colocou os meninos na frente da televisão e até comprou um limpador nasal. O marido dela tem rinite. Tomamos café na cozinha. As crianças ficaram quietas.

A casa de outra cliente ficava em uma rua sem saída, solitária, que começava ao terminar o muro de uma fábrica. Muito silêncio e, só algumas vezes um rumor de televisão que evapora do interior das casas, algumas delas com as portas e janelas abertas. Parecia tranquilo deixar os dois brincando ali. Eu entregaria muito rápido os frascos de perfume e também não fecharia a porta. Meus olhos se detiveram um pouco mais em algum objeto da casa, enquanto meus ouvidos se esforçavam para ouvir algo que não fosse meu desejo de que o dia acabasse, de enfim poder descansar as pálpebras, esticar as pernas. E depois me sentar para escrever no caderno.

Quando guardava as mercadorias nas sacolas, minhas mãos foram interrompidas por um ruído de passos coléricos, passos de salto alto que entravam pesados na sala. Era uma vizinha trazendo no colo um animal branco coberto de sangue. A Duda e o Juan Ignacio tinham atirado pedaços de concreto sobre um dos seus gatos. Eu estava assustada, pus minhas mãos no gato e elas ficaram cheias de pelos vermelhos. Pedi desculpas, as mãos tremiam. Ela não parava de gritar, eu não sabia o que fazer, então disse que os gatos estão acostumados a essas coisas, que sempre ficam bem. Mas ele mal se mexia.

Passei o resto da tarde com a mulher e o gato na clínica veterinária da cidade mais próxima, as crianças correndo pela recepção, minha nuca molhada de suor. Um lugar sujo e ainda mais feio que uma borracharia com uma pequena janela que dava para os fios elétricos e uma parte do céu já quase escuro. Ainda era preciso fazer a última entrega do dia.

O gato ainda não estava muito bem e passaria a noite internado. Eu não sabia como me desculpar, nem sequer podia pagar pelo valor total do atendimento. Deixei o que tinha. A mulher aceitou por falta de opção, ou porque sentia pena, não só do gato, mas também de mim. No carro, olhei para a Duda e queria dizer muitas coisas a ela, sobre o gato, sobre as trufas que ela havia mordido – apenas uma dentada em cada –, sobre pessoas ruins e lugares encardidos, mas as frases desistiram de passar pela garganta antes que eu pudesse dizê-las.

Meus olhos estão secos e difíceis. Vou me deitar. Este hotel é horrível e não fornece shampoo. Escuto a descarga dos banheiros dos quartos de cima. Amanhã volto para casa.

(quinta-feira, 26/04, 19h30)
Dormi muito mal à noite e continuei exausta no dia seguinte. No meio do caminho de volta, paramos em uma última cidade fantasma. As visitas foram rápidas; eu quase não falava com os clientes e mostrava com pressa os produtos sem tirá-los completamente das sacolas. Também estava desatenta e não reparei muito nos objetos das casas, nos movimentos das pessoas. Era cedo e elas abriam a porta com olheiras e vistas assustadas. A Vera vai dizer que preciso desenvolver minhas técnicas de venda, mas eu não me importo.

É a cidade onde eu nasci, mas quase não a conheço, nos mudamos quando eu tinha dois anos. Tentei prestar mais atenção enquanto caminhávamos de volta ao carro. Apenas se escutavam os passos da Duda, pequenos saltos turbulentos. Há ainda ruas de terra e muitas árvores, poças de lama e casas de tijolos sem telhado, inacabadas, que parecem abandonadas. E também vimos um cavalo. "Quando você crescer, vá para um lugar bem longe daqui", eu disse. O tempo estava chuvoso e era muito estranho porque, em vez do habitual calor exagerado, fazia um pouco de frio.

Paramos para almoçar numa cidade ao lado, onde velhos assistiam a programas esportivos, uma garçonete sorria e eu ficava quieta, me esforçando em alguns momentos para dizer algo, "coma só mais um pedaço de carne", "quantas figurinhas faltam para completar o álbum?". Pedi duas xícaras de café, fui ao banheiro, molhei o rosto, me vi no espelho por muitos segundos. Meu cabelo parecia o de uma estátua, uma massa de mármore sem movimento. Depois voltei e olhei para a Duda, para a tevê e de novo para ela. Não disse nada.

O tempo estava nublado na estrada, mas era uma e meia da tarde e, ainda assim, havia de novo um filete de luz saindo por um buraco da névoa, e eu não aguentava mais aquela luz no meu olho. A Duda, como sempre, se mexia. Estávamos em uma chapada e havia um mirante, então resolvi parar, apesar do cansaço. Não se via muita coisa, mas olhamos por alguns minutos as formas das nuvens e dos barrancos.

Voltamos para dentro do carro. Virei a chave na ignição e não consegui dar partida. Repeti a operação mais umas quinze vezes, então saí do automóvel e me sentei na grama úmida. As mãos na cabeça e os cotovelos apoiados nos joelhos. Olhei algum tempo para as minhas coxas, em seguida me deitei com os braços esticados. A Duda se deitou ao meu lado, cruzou as pernas para imitar a cauda da sereia e insistiu que eu fizesse o mesmo. Levantei minha perna direita e a acomodei sobre a esquerda. Ela ficou satisfeita e não disse mais nada, só cantarolou uma melodia imaginária com a boca fechada. Ficamos as duas com as pernas cruzadas por alguns minutos. Depois me levantei e chamei o guincho.

Quando as coisas ficaram pequenas

Eu estava triste porque os objetos estavam diminuindo. Foi horrível quando me dei conta. Sempre a mesma coisa: chegava cansada, tomava banho, preparava um sanduíche, tentava escrever. Mas um dia as coisas mudaram. Girei a maçaneta da porta e demorei a entender, só sabia que era estranho, que havia um buraco.

Fiquei ali de pé com a chave nas mãos por alguns segundos, então notei a poltrona com uns dez centímetros perdida no centro da sala. Pisquei várias vezes e esfreguei os olhos com as mangas; deslizei as mãos sobre as bochechas e elas ardiam. A garganta seca, paralisada. Não gritei, apenas me agachei e a apalpei com a ponta dos dedos, e depois com a palma da mão, e me certifiquei de que era isso mesmo: tinha reduzido. A textura continuava a mesma, senti a normalidade do veludo, a pelugem escorregando na pele. O formato também conservava as curvas originais, e os pezinhos de madeira, iguais, no entanto menores, mediam o mesmo que a unha do polegar. Já não era possível me sentar sobre ela, mais fácil seria que ela se sentasse sobre mim.

No início não me preocupei tanto, porque no dia seguinte ela voltou ao normal. Pensei que pudesse ser uma rebeldia momentânea: a poltrona cansada dos dias ordinários. Ou talvez eu só estivesse um pouco confusa. O problema é que ela voltou a fazer isso. Todos os dias, quando eu entrava na sala e a via com aquelas dimensões, meu coração disparava, até sentia tontura. Fechava os olhos esperando que quando eles se abrissem ela tivesse voltado a ser grande. Aos poucos, além da poltrona, outros objetos. Não me lembro bem, mas acho que primeiro: sofá, pia, abajur (até pensei que ele não funcionaria após a redução, mas pressionei o interruptor com o dedinho e a luz acendeu). Você precisava ver aquela lampadazinha, era mesmo fascinante. Mas eu estava triste. Ninguém mais sabe disso, Silvia. Só estou contando para você.

Cheguei a ir ao oculista. Não disse nada a ele sobre a diminuição dos objetos; só queria a confirmação de que não era glaucoma, catarata, ambliopia tóxica, ou outra coisa no nervo óptico. Estava tudo certo com meus olhos. Eram as coisas mesmo que encolhiam. E eu sabia que eram só as minhas coisas, por isso estava triste. Não queria que ninguém soubesse, já previa que me obrigariam de novo a frequentar psiquiatras, tomar comprimidos – e eu sabia que os comprimidos de nada serviriam. Comprimidos não alteram a existência das coisas, não fazem magia, comprimidos são brancos, azuis ou cor-de-rosa e parecem as balas açucaradas que eu chupava quando tinha cinco anos, os comprimidos estariam pequenos demais e não seria possível enxergá-los, teriam quase desaparecido. Você já reparou no tamanho de um comprimido, Silvia?

Passei a medir as coisas com fita métrica.

Sofá – 22 cm × 9,5 cm
Azul, de linho. Faz lembrar a infância (o jogo de sofás de brinquedo pertencia à casinha de madeira).

Televisão – 9,5 cm × 5,7 cm
Tentativa de utilização (poderia ser como ver um vídeo na tela do celular). Não funciona: o cabo também diminuiu e o plug é menor que os buracos da tomada. Impraticável ligar à corrente elétrica.

Fogão – 6,2 cm × 11,6 cm
Botijão também reduzido. Com o fósforo, acendem-se todas as bocas. Chamas pequenas, mas ainda chamas. Queimam (tamanho da chama: aprox. 0,35 cm).

Penteadeira – 16,8 cm × 18 cm
Antiga, de madeira escura bastante forte. Espelho com algumas manchas que diminuíram de modo proporcional ao espelho.

Cama – 20 cm × 25 cm × 4 cm
Agora é preciso deitar-se no solo, utilizando o colchão como travesseiro.

Eu precisava terminar o romance, e os objetos daquele jeito. Isso estava me deixando louca, Silvia. Estava me deprimindo. Por isso decidi fazer as malas e passar alguns dias no sítio, enquanto ainda havia tempo. Avisei a minha mãe que precisaria ficar uns dias fora por conta do livro, sem dar muitos detalhes. Ela não gostou nada e disse que eu não podia ficar sozinha. Ela é aflita, se preocupa demais. Quando vem em casa, quer organizar as gavetas, colocar tudo dentro de algum saco; lava a louça, traz comida congelada. Depois começa a criticar minhas roupas, dizer que eu ando despenteada. E quer ficar me levando em consultas médicas. Eu não queria tudo aquilo de novo. Prometi que seria por pouco tempo e saí antes que ela pudesse tentar me impedir. Antes de deixar a casa, olhei de perto uma fotografia pequena dentro de um porta-retratos sobre o aparador da sala e me vi apertada, distante, sentada em um tronco de árvore cortado.

Olhando para a estrada da janela do ônibus, via a paisagem passando como se fosse um raio laranja. Ali dentro me senti segura. Ouvia as pessoas do banco de trás conversando, o barulho do motor e das rodas no asfalto, via o braço direito do motorista mudando de marcha, uma mulher se levantando para balançar um bebê que chorava, os segundos antes da tempestade às seis da tarde e, em seguida, a tempestade propriamente dita, a vida lá fora oscilando, os vidros se ofuscando. E depois os últimos pingos cessaram e veio a calma, então eu fiquei feliz porque tudo pareceu comum. Às vezes fixava o olhar em alguma coisa bem pequena muito longe – uma placa, um posto de gasolina, um viaduto – e me sentia aliviada quando verificava que ela ia aumentando gradualmente de tamanho conforme o ônibus e os meus olhos se aproximavam.

Na rodoviária, tive que esperar algum tempo por Manuel, o caseiro, que vinha me buscar. Quando chegou, quis carregar minhas malas. Depois entramos na caminhonete. Ele perguntou se eu estava melhor. Melhor do quê? – eu disse. Durante todo o percurso ele não parava de falar e transitava sobre diversos assuntos: pragas, políticos, futebol, telenovelas e um incidente com cachorros do mato que matavam os gansos do meu avô. Fiquei olhando para o chaveiro com formato de bola de basquete em miniatura que batia no contato. Aquilo me perturbou. Tentei manter a concentração na boca de Manuel se mexendo. Meu avô e Manuel apreciavam muito os gansos, além de serem belos animais, vigiavam a propriedade e soltavam grunhidos vibrantes ao menor sinal de anormalidade.

Quando cheguei ao sítio, abri a casa. Era grande, muitos quartos, muitos móveis. Aquele lugar sempre funcionou como um depósito da mobília indesejada da família. Tirei os lençóis que cobriam os móveis, abri todas as janelas e armários para dispersar o mofo. Tudo mais velho do que da última vez. Olhei os quadros com as fotos e me lembrei de algumas histórias de outros tempos. Limpei o pó, lavei alguns utensílios de cozinha, fiz um macarrão.

Saí para fumar. Respirei fundo porque havia um silêncio espaçoso e cheiro de mato e repelente de insetos. Voltei para dentro e tudo era tão perfeito que liguei o computador e consegui escrever algumas páginas. Trabalhei até as três da manhã, depois me deitei cansada e dormi por horas, até o meio do dia seguinte.

As coisas seguiram tranquilas até o terceiro dia. Despertei e, ainda deitada, vi uma parede branca, vazia, onde antes havia um guarda-roupas muito pesado, que chegava quase até o teto. Saltei da cama e olhei para baixo, o móvel ainda estava lá, mas tinha o tamanho de um livro. Por sorte, as roupas estavam no outro quarto. Tomei banho, me vesti e bebi café olhando para o chão, tentando não me assustar. Na cozinha havia outras coisas pequenas. No fundo eu sabia que era aquilo de novo, mas não queria acreditar. Não entendia, Silvia, por que também aqueles objetos que não eram meus.

Às dez horas Manuel bateu à porta trazendo um saco de tangerinas, uma safra nova, depois do problema com as pragas. Escolhi o pé mais bonito e mais alto, disse. Pedi que entrasse e perguntei: você está vendo isso? Isso o quê, ele disse. Nada, obrigada pelas tangerinas.

Cristaleira – 9,5 cm × 22 cm
Preenchida de pequenos copos e taças de vidro menores que a unha da mão. Esmigalho um deles com os dedos. Pequeno corte sem profundidade na parte superior do indicador.

Pia – 10,6 cm × 15 cm
Coisas possíveis de serem lavadas nela: dedos, colher de café, taça para licor, tampas, escova de dentes (cabeça e cerdas), folhas e pétalas de flores.

Pinguim – 2,7 cm × 1,3 cm
Sobre geladeira dos anos noventa (ainda grande). Bico e pés amarelos, asas negras, gravata borboleta vermelha. Parece um filhote de passarinho, mas menor. Feto de passarinho.

Fotos de família – Diversos tamanhos.
Em média: 3,5 cm × 2 cm
Parede cheia de pequenos quadros (antes, todos concentrados, muito próximos uns dos outros, agora espaçados). Muitas fotos de bebês, ainda mais compactos.

De fato, tudo se repetia, então decidi que não deixaria mais aquilo me abalar, sabe? Continuei a trabalhar no livro. Era um romance sobre uma adolescente que acabara de perder o irmão mais novo num acidente. Os pais trabalhavam no mercado financeiro, estavam deprimidos. Após meses de ostracismo, decidem fazer uma viagem para fora do país e a deixam em uma cidade do litoral, aos cuidados de um tio instrutor de mergulho. Eu havia acabado de escrever o momento em que a menina, vestindo um maiô vermelho, vê uma baleia durante uma imersão. A menina pequena, a baleia enorme. Apesar do encontro um tanto insólito, a história era bastante realista, o que me fazia pensar que as coisas estavam invertidas. Como se a minha história fosse o livro e o livro fosse a minha história.

Minha mãe ligava muitas vezes. Eu dizia que estava tudo muito bem, fazia minha melhor voz, contava do livro, e ela me deixava em paz por um ou dois dias. Manuel também aparecia com frequência. Eu sabia que ele estava me vigiando.

O tempo não tem tamanho, mas as horas também, de alguma forma, ficaram pequenas. E os segundos. Logo eles que deveriam ser velozes. Como se fossem minúsculos demais para alcançarem o fim do dia e fizessem um esforço enorme para passarem, pequenos, uns subindo sobre os outros, flácidos e cansados como se carregassem uma pedra pesada, até alcançarem, depois de muito tempo, um minuto. Cada segundo era uma pedra. Um minuto, 60 pedras. Uma hora, 3.600 pedras. Cada segundo gordo, suado, escorregava no chão liso, enquanto eu tentava me distrair e evitava olhar na direção do relógio. Pela janela da sala, via o sol dilatado. Só queria que ele fosse embora para eu poder dormir.

Eu tentava levar a vida, Silvia, tinha esperança de que as coisas voltassem a ser como antes. Cozinhava bem devagar, imagine, cortando cada legume miniatura com aquela faquinha, depois comia, também sem pressa, mastigava os pedacinhos de modo vagaroso, para que eles não deslizassem sem querer pela minha língua e fossem engolidos antes de serem devidamente moídos. Arrumava tudo, saía para caminhar na plantação entre as laranjeiras-bonsais, colhia algumas microlaranjas, voltava para dentro, abria um livro com a ponta do dedão, pegava a lupa, lia cinquenta páginas, fechava o livro, olhava de novo o relógio. E, então, havia passado seis ou sete minutos. Lembro que eram mais que cinco, mas eram poucos, pouquíssimos minutos. O relógio redondo, pendurado na parede, ainda conservava as medidas originais, e eu comecei a ter medo dele.

Antes o tempo era demasiado breve. Escrevia duas páginas e percebia que um dia inteiro havia passado. Com o tempo mais lento, podia escrever muitas páginas em poucos minutos, mesmo que as frases demorassem a ficar aceitáveis, e eu tivesse que reescrevê-las dez vezes. Isso era bom, mas a angústia das horas arrastadas passou também a me bloquear. O tempo moroso foi fazendo com que eu aprendesse a ser improdutiva como ele. Além da dificuldade de digitação, aquele incômodo de quando a vida não está acontecendo – sei que coisas aconteciam, coisas passavam a noite caladas, diminuindo escondidas no escuro, deixando de serem coisas de verdade para se tornarem sarcásticas e zombarem de mim –, mas a minha existência não caminhava para lugar algum. Eu continuava com a mesma estatura, você me entende? Além disso, a vida real andava tão inventiva que a minha criatividade foi murchando, ficando sem porte.

Dentro da tela do computador, letras cada vez mais microscópicas e limitadas, letras que sozinhas não diziam. De nada serviam zoom ou óculos. Escrevi: A menina acordou cedo porque já não encontrava posição na cama e porque a perna direita coçava. Desde o dia da imersão, quando se assustou com tanto silêncio e viu uma baleia, tinha os ouvidos tampados. Ela movia a cabeça e sentia a água caminhando dentro de si. Logo depois, não enxerguei o que estava escrito e tampouco me lembrava o que acabara de digitar, o que dificultava a progressão da história. Pressionei a tecla Caps Lock. Escrevi:

MENINA, MAR, SILÊNCIO, BALEIA, IRMÃO

Além das letras e teclas, a tela do computador passou a ter menos de dez centímetros de largura, por isso desisti. Você sabe que eu não terminei o livro. Isso é muito ruim.

Um dos problemas de ter peças dessa dimensão é que elas se perdem pelo ambiente e não as encontramos porque a vista fica cansada de tanta micrografia. Por isso decidi organizá-las de algum modo. Catalogava os objetos pequenos e os separava em um lado da casa; do outro lado ficavam os objetos grandes.

Manuel apareceu de novo e perguntou se estava tudo bem, pois havia escutado ruídos. Abri só um pouco da porta para que ele não pudesse ver a nova disposição dos móveis. Ele tentava projetar os olhos para dentro, então eu disse que estava tudo bem e perguntei sobre a saúde dos gansos. Isso o deixou satisfeito, falando por mais alguns minutos, uma eternidade.

Minha mãe também passou a telefonar mais, até duas vezes por dia. Telefonemas intermináveis. Tinha medo de dizer alguma frase com a entonação errada e ela perceber. Essas chamadas me irritavam, Silvia. Eu não era mais criança; pelo contrário, era grande demais. Dizia que ela não precisava se preocupar, que tinha avançado na escrita e contava algo sobre o meu dia, sobre acordar cedo e fazer caminhadas na plantação. Sua voz era muito baixa e às vezes eu tinha que dizer: o quê?

Se a minha história não fosse real e tivesse sido escrita por Lewis Carroll, talvez eu pudesse encontrar uma garrafa com uma etiqueta "Beba-me", ficar pequena e voltar a poder usar as coisas. Eu me perderia naquela casa gigante, entre tantos quartos e metros quadrados, mas talvez assim, franzina, pudesse passar com meus objetos preferidos pela fresta da porta e me perder naquele verde amplo do lado de fora, vendo estrelas gigantes de noite.

Um dia percebi que todas, absolutamente todas as coisas, estavam pequenas. Minhas mãos, perto delas, enormes. E as mãos grandes assim pesavam, como pesavam essas mãos.

Encontrei um lápis em uma das fendas entre as pedras que compunham o piso. Anotei:

Vida – 0,000003 cm × 0,000001 cm

Pensei em destruir todas elas. Eu, um hipopótamo, poderia chutá-las, esmagá-las com meus pés, sentir as suas articulaçõezinhas se rompendo, escutar *crack*, e depois jogá-las na lixeira no meio da estrada, dentro de uma única sacola de supermercado. Um dia estava muito mal-humorada e decidi atirá-las contra a parede. Comecei com as menores, liquidificador, telefone, panelas, copos; depois passei para a mobília. O barulho que os objetos faziam ao bater nos tijolos não era proporcional ao seu tamanho. Eles também pesavam mais do que deveriam. Em algum momento, Manuel começou a bater na porta e insistiu muito. Eu tranquei tudo e disse: vá embora, me deixe em paz.

Quando finalmente anoiteceu, estava exausta e me deitei no meio da ruína. Aquilo me deixou um pouco aliviada, já não me sentia desproporcional, tão diferente do resto. Adormeci.

Despertei de manhã com um barulho terrível, estavam colocando a porta abaixo. Abri os olhos e vi minha mãe,

Manuel e mais um homem. Ela tinha aquela expressão de quando sentava no canto da minha cama para conversar, duas linhas da testa mais evidentes. Manuel e o homem me olhavam de modo estranho. Minha mãe disse que eu teria de ir com ela, que precisávamos voltar à cidade, e eu disse que não iria. Disse que estava cansada. Manuel e o homem seguraram meu braço. Eu disse que estavam me machucando e olhei para minha mãe: você não vai dizer nada?

Os dois homens empurraram minha cabeça, me fizeram entrar no carro pequeno. Eu tentava explicar para ela, mostrar como era impossível. Me curvei toda, o máximo que pude, costas dobradas, ossos quase se partindo. Respirava pouco, tentava me mover o mínimo possível, evitar que meus cotovelos explodissem os vidros das janelas. Sentia meu crânio pressionado contra o teto. Aquela alça para as mãos por pouco não rasgou meu pescoço. Eu gritei, chorei muito. Mas ela não me escutava, Silvia. Não me escutava.

A segunda pior dor

Sim, eu estou com dengue. Ainda é preciso esperar o resultado da sorologia, falar com o médico etc., mas só pode ser isso, eu já sei. Ou talvez seja chikungunya. Outros três funcionários estão afastados com sintomas, e o edifício velho da biblioteca fica ao lado de um terreno abandonado, que deve estar cheio de mato, poças, sacos plásticos molhados e brilhantes, com dobrinhas que acumulam água malcheirosa, galhos, sofás furados com estofado de espuma à mostra, guarda-chuvas pretos quebrados, restos de materiais de construção. Dá para ouvir uma mosca voar, uma pena cair. Na porta improvisada do terreno, alguém pichou a palavra *Deus*. Com certeza o sol bate forte sobre aquele chão e inflama toda a superfície. Com certeza, mesmo assim, faz frio.

O nome da biblioteca é *O avo Bila*. Era para ser *Olavo Bilac*, mas as letras *L* e *C* caíram do letreiro. A prefeitura nunca vai mandar arrumar.

Então, sim, febre, suor, manchas vermelhas, coceira, dores no corpo. A pior é a dor atrás dos olhos, porque é um lugar onde ninguém espera sentir dor. E porque não se sabe o que há atrás dos olhos. Eu ao menos não sei.

E também essa carteira que acabo de encontrar na sala de espera do pronto-socorro. Negra, couro desbotado, fissuras laterais. Estava no assento da fileira de trás, deve ter caído do bolso de alguém. Só a vi quando estava voltando do banheiro. Um pouco antes, eu estava sentada ali na frente, de costas. Muitas coisas podem estar às nossas costas – um cisne, um tenista, um canhão – e nos esquecemos da existência delas, achamos que o presente é só o que podemos ver. O mundo acontecendo e nós só sentimos a ondulação do vento passando pela nuca. Não me virei, só escutei a voz do homem atrás de mim falando ao telefone.

Como você está? É, estou aqui no hospital ainda. Cheguei hoje de manhã. Tá calor, hein? E úmido. Pelo menos a estrada estava verde, bonita. Da outra vez, estava tudo mirrado, sem cor. Como é aquela palavra? Árido. Hoje eu tive a pior dor da minha vida. A segunda pior dor. No exame me fizeram colocar a mão na cabeça. E precisou repetir.

Sim, calor, chuva, umidade. As pessoas gostam de falar sobre isso. Não sei quem era o homem, agora não há mais ninguém sentado ali. A carteira pode ser de quem disse aquilo ou de outra pessoa, não tenho ideia. Mas a verdade é que fiquei um tanto agitada com a voz, com o que ela dizia. A testa latejando, a velha ao meu lado batendo as pernas no chão. A velha não para de se mexer, um besouro acaba de entrar na sala e está em desespero porque não consegue sair, o apito agudo do painel eletrônico continua tocando cada vez que um número novo é chamado, e o número que ele mostra agora é 134, enquanto o meu é 483. A minha bexiga explodindo. E qual, meu deus, qual terá sido a primeira pior dor?

Um documento de identidade, dois cartões de banco, um cartão de crédito, uma carteirinha do Clube Olímpico de Maringá, uma nota de 50 reais, uma nota de dois reais, uma moeda de 25 centavos, duas moedas de 10 centavos. Uma carteira normal. O dono é um homem. Data de nascimento: 24/11/1987. Local de nascimento: Londrina, Paraná. Nome: Fernando Duarte Nowakowski. Nome da mãe: Ana Maria Ribeiro Duarte. Nome do pai: Edward Nowakowski. A foto 3×4: nem feio nem bonito, nem gordo nem magro – mas não se sabe ao certo, essas imagens enganam –, os olhos parecem ser claros, os cabelos escuros. E a assinatura *FNowakowski*. Arredondada, infantil.

A letra da carta de JP também era torneada em excesso, poderia ter saído de um caderno de caligrafia. Ele sempre assinava João Pedro M., nunca JP. Não sei o que sinto quando penso na carta. Cheiro de mofo, ácaros. Uma imagem: JP olhando os próprios pés. O vento muito forte machucando o meu rosto, quase me jogando no chão. O que fazíamos ali mesmo?

A pedra. JP em cima da pedra olhando os pés. Eu subindo e me sentando ao seu lado. Embaixo, não sei o que havia. Talvez uma praia, o mar ou um precipício imaginário. A pedra era alta, de qualquer modo. Uma rocha, dessas cheias de pontas, que espetavam nossas roupas. Um pouco da pele também. Mas não nos beijamos no fim, só tínhamos vontade de nos abraçar. Eu sei que estou inventando, a cena não aconteceu em cima da pedra, acho que estávamos sentados num muro. Eu é que queria que tivesse acontecido assim. E ele estava mesmo olhando para os pés, disso eu me lembro. Ele queria dizer algo, mas não dizia.

Talvez eu tenha sonhado com a pedra, por isso me lembro da cena desse modo. O problema é que eu fantasio muito, diz a Letícia. A Letícia nunca fica solteira. Sim, acho que grande parte do que eu me lembro da história de JP é mesmo imaginada. A memória querendo que as coisas sejam mais bonitas do que são. Já faz tempo, uns quinze anos. Acho que doze. Mas a carta, não, a carta, havia poucos dias, estava lá aberta sobre as minhas coxas. Não sei por que raios fui mexer nesses papéis antigos.

A segunda pior dor. F Nowakowski. Minhas piores dores foram: quando eu caí de boca no chão, cortei a língua e quebrei um dente (o dente quebrado cortou o lábio), quando eu pisei num buraco e rompi ligamentos do tornozelo, quando eu tive endometriose. E agora dor atrás dos olhos, horas esperando na cadeira dura do pronto--socorro com a carteira de um desconhecido na mão, lembrando do que não deveria lembrar, escutando o apito irritante do painel eletrônico, protegendo a cabeça de um besouro cego. Também outras dores que não sei descrever. Talvez Nowakowski nem seja o dono da segunda pior dor, talvez Nowakowski seja apenas um rapaz de olhos caídos com intoxicação alimentar. Talvez o dono da segunda pior dor seja um homem de noventa anos com artrite.

Eu sei, não foi em cima da pedra que JP me disse, depois de não dizer. Talvez eu me lembre assim porque, na mesma viagem, estávamos nadando no mar quando vimos que alguém tinha escrito *caralho* numa pedra. Falamos disso, que era horrível alguém ter subido ali para pichar a pedra, depredar a natureza. E depois, como a pessoa tinha feito para chegar até lá, uma pedra no meio de um mar agitado? E por que *caralho*, e não *te amo, Cláudia* ou *Corinthians, Jesus Cristo, Robertinho 2002*? Um pouco antes, eu tinha sido praticamente engolida por uma onda. Percebi que estava presa num redemoinho e senti os cabelos, a barriga e as pernas tomando um soco do mar. E nós ali em algum lugar, ele olhando os próprios pés e depois me dizendo que ia se mudar, quase sem me olhar.

No muro do hospital, escreveram *beije-me*. No banheiro da biblioteca, escreveram *sexo oral é bom*. Minha tia-avó Sônia uma vez contou que teve um caso com um homem casado. Ela também era casada. Estávamos sozinhas na sala, mas ela disse isso em voz baixa, com uma pitada de vergonha e outra de orgulho. As mãozinhas enrugadas com as unhas longas muito bem pintadas. Eu queria que JP falasse de mim como tia Sônia falava do homem das pernas tortas. Naquela época eu não entendia direito do que exatamente ela falava. Tudo distante, uma película semitransparente dentro do meu cérebro, os dois juntos atrás da película. Tia Sônia e o homem das pernas tortas em miniatura dentro da cabeça, nublados. E JP em cima da pedra olhando os pés. Agora acho que entendo.

Será que o que há atrás dos olhos serve para enxergar os pensamentos? Olhos ao contrário. Será que enxergamos pior do lado de dentro quando estamos com dengue e dor atrás dos olhos? A segunda pior visão.

Minha tia-avó Sônia e o homem das pernas tortas se conheceram num acidente. O ônibus em que ela estava capotou na estrada, e ele a tirou das ferragens. Ela estava com uma fratura exposta no braço. Quando ele tentava removê-la, ela, quase inconsciente, disse só uma palavra: *impossível*. No dia seguinte, o homem foi visitá-la no hospital e perguntou *mas por que impossível?* Na verdade, ela nem se lembrava de ter dito aquilo. Minha tia-avó Sônia nunca amou ninguém como amou o homem das pernas tortas. A história não foi adiante – no fim, era tudo meio impossível mesmo. Minha tia-avó Sônia nunca pegou dengue, mas morreu de pneumonia.

Está chovendo de novo. Eu sempre acabo olhando essas gotinhas que ficam coladas nos vidros, intactas, como se não fossem líquidas. Algumas escorrem, poucas. Uma mulher está sentada ao lado da janela com uma muda de planta no colo. Por que alguém traz uma muda de planta ao pronto-socorro? Essas gotas na janela e essa mulher triste segurando uma muda de planta me lembram uma estrada de terra esburacada, um copo quebrado, um dedo cortado com o copo que se quebrou, dor de garganta, dor atrás dos olhos. Como seria, Nowakowski, se tivéssemos nos conhecido aqui na sala de espera do pronto-socorro e você me contasse sobre a segunda pior dor e sobre a primeira e todas as outras dores e saíssemos para ir à farmácia, falássemos sobre tudo e depois você me ligasse para perguntar se eu já estava sem febre? Se fizéssemos uma viagem à praia, nos sentássemos sobre uma pedra pontuda. Talvez víssemos o eclipse solar, um sequestro ou dois bêbados se abraçando. Ou só poderíamos fugir, ir embora daqui. Eu nunca fui à Guiana Francesa, por exemplo. Você conhece as Guianas, Nowakowski?

As melhores histórias de amor são aquelas que não se realizam, você sabe. Que ficam na nossa cabeça para serem mal lembradas. Sim, é claro que JP não era tudo isso, ele tinha os caninos saltados e um começo de barriga. O pau também era torto. Mas ele me olhava de um jeito estranho, indescritível. Eu gostava de vê-lo fumando, do modo como segurava o cigarro. Mas não do cheiro de poluição impregnado em todos os cantos do seu corpo. Ele tirava muitas fotos. Estava sempre viajando e me mandava imagens de ruínas romanas, de estátuas gregas sem cabeça. Eu sentindo o mar me dar socos no estômago, e ele se mudando para Roraima. Quem se muda para Roraima? E depois a carta.

O problema é que não há saturação no amor. Quando conseguimos o que desejamos, já queremos desejar outra coisa. Que merda isso, Nowakowski. Amor impossível, com intensidade nuclear, dor, destruição, ou aqueles domingos vazios com cheiro de bife e som de televisão ligada. Você acha que estou sendo romântica, Nowakowski? Ridícula? O Ferreira Gullar disse isso, que o amor é suicida. Para atingir a ignição máxima deve estar condenado.

Sabe, Nowakowski, quando eu era criança, uma vez fui à feira com minha mãe e minha prima. Um feirante nos deu pintinhos bem pequenos, um para cada menina. Sem piadinhas infames, ok? Aqueles pintinhos amarelos que nascem do ovo. Levei o pintinho para casa. O nome dele era Felipe. Eu acariciava os pelos dourados de Felipe com as costas dos dedos. Em poucas horas ele se transformou no amor da minha vida. Morreu três dias depois. Minha mãe disse: esses bichinhos nunca duram muito dentro de casa. Só que o pintinho da minha prima sobreviveu e virou um frango. O frango corria pelo apartamento, minha tia não sabia o que fazer, então o levaram para fazenda de um amigo, onde ele teve a cabeça decepada por um cachorro. Esse cachorro depois foi morto por um trator, e o trator foi morto pela ferrugem, que por sua vez será morta por qualquer outra coisa, talvez o aquecimento global ou o apocalipse. Nesse caso, o mundo acabaria e ninguém precisaria mais chorar.

Mas o que eu queria dizer é que se meu pintinho tivesse crescido e virado um frango, talvez eu não chorasse tanto por ele. Ele seria apenas um frango. Olha, Nowakowski, esta sua carteira está em péssimas condições. Vou comprar uma nova para você.

Sim, sim, as Guianas. Se eu não tivesse cara de bibliotecária, mas de escritora ou alpinista. Se eu soubesse dançar. Se eu já tivesse feito minha cirurgia de miopia e não tivesse essas marcas tão fortes dos óculos sobre o nariz, se pudesse enxergar meus pés quando tomo banho. Se minha pele fosse menos oleosa. Se eu tivesse lavado o cabelo e me depilado hoje. Eu até faria yoga ou pilates, e não viveríamos num país como este.

Quem é feliz amando o irreal, Nowakowski?

De onde eu estou dá para ver a televisão bem em cima da mulher triste com a muda de planta. Uma pessoa está dançando na tela, mas a televisão está sem som. Dentro da cabeça, vejo a mulher triste com a muda de planta dançando em silêncio, o que é tristíssimo. Isso me leva à *Biblioteca Olavo Bilac*, sem as letras *L* e *C*, às crianças melecadas que a chamam de *o avô Bila* e não prestam atenção na contação de histórias. E também àquelas outras pessoas que vão lá para dormir no pufe, usar o Wi-Fi, cagar no banheiro, encher a garrafa no bebedouro. Ninguém lê um livro sequer. Eles nem se dão ao trabalho de preencher a lista de presença, o que é uma falta de respeito.

O besouro ainda não conseguiu sair da sala, e a mulher com a muda de plantas se levantou para tentar escapar dos seus ataques. Nowakowski, você sabia que Olavo Bilac escreveu contos eróticos? Ele assinava esses textos com um pseudônimo: Bob. O desejo, Nowakowski, é como querer ler contos eróticos e descobrir que o nome do autor é Bob. Autores de textos eróticos não deveriam se chamar Bob.

Uma vez JP foi a Montevidéu e na volta me contou a história do amor impossível entre Juan Carlos Onetti e Idea Vilariño, me deu um livro de poemas dela. Foi um pouco antes de se mudar para Roraima. JP dizia gostar muito do Onetti, mas gostava mesmo é dessas duas palavras juntas: *amor* e *impossível*. Nesse dia olhou os meus olhos, e não os próprios pés. Onetti e Idea tiveram um caso, ou vários casos, porque eram muito apaixonados, mas dormiram juntos só nove vezes em onze anos. Onetti telefonava para Idea durante a noite e dizia *Ayúdame a entender el modo en que te quiero*. Em uma das cartas que trocaram, ela escreveu *Pasó el verano y no viniste*. Os dois se viam esporadicamente e às vezes sem aviso. Fechavam as portas e as janelas, não sabiam se era dia ou noite, ou se era sábado.

Na verdade, ela passou a vida esperando por ele. E eu achando aquela história bonita. Soube que Idea contou que Onetti lhe dizia barbaridades, coisas impossíveis de suportar. Ele ao menos dizia alguma coisa. Onetti era só mais um imbecil, Nowakovski, isso sim. Mais um clichê. Uma noite ele telefonou desesperado pedindo que ela fosse vê-lo. Ela estava com alguém, outro homem, e mesmo assim foi encontrá-lo. A única coisa que fizeram foi sentarem de costas um para o outro. Na manhã seguinte, ela agarrou o seu rosto e disse "Onetti, você é um burro, você é um cachorro, você é um camelo".

Um camelo. E então aquela carta de JP. Quem ainda manda cartas, meu deus? Por que não um e-mail? Junto da carta, uma foto do monte Roraima com nuvens ao fundo. Muitas, ele quase coberto. Eu achei que aquele

morro parecia um vulcão ou então a usina de Chernobyl.
A carta só dizia:

Preciso te ver.

E mais algumas outras coisas, bem poucas, não muito mais que isso.

Eu respondi, escrevi que também queria vê-lo, fui até a agência de correio, colei um selo, esperei. Ele não escreveu mais, desapareceu. Liguei para sua irmã e consegui um número de telefone. Atendeu com uma voz sonolenta e me disse que sim, queria me ver, *mas não podia*.

Nesse mesmo dia eu fechei meu dedo na porta. A unha caiu. Não quero me lembrar da unha caindo, do dedo descoberto. E se eu disser para a mente pensar em outra coisa? Uma libélula, um helicóptero, um piloto pulando de paraquedas. Nessa mesma noite eu sonhei com um bebê tigre comendo minhas pernas.

O Raymond Carver escreveu um poema chamado *Vocês não sabem o que é o amor*. Se essas coisas que eu estou pensando tivessem sido ditas por um autor, você acharia incrível, não é? Você não sabe o que é a dor, Nowakowski. Nem a primeira, nem a segunda. Você não sabe o que é estar com dengue jogada numa cadeira dura de pronto-socorro. Já experimentou chorar quando tem dor atrás dos olhos? Eu preferia ter levado um soco.

Todo esse barulho, essa precariedade, essas pessoas doentes, enfermeiras de touca e sandálias Crocs, aventais brancos pouco limpos, dentes tortos e essas caras de segunda-feira de manhã, esses olhares mal-humorados, sem brilho, isso tudo me impede de fazer a coisa certa, isto é, devolver a carteira, entregá-la à recepcionista, parar de divagar, de pensar em fantasmas, jogar uma água no rosto, ler um livro para passar o tempo. Vou atirar sua carteira no Rio Tietê, Nowakowski. Vou roubar seus 52 reais e carregar meu Bilhete Único.

Ou talvez isso seja só vontade de ir embora, de estar do lado de fora da cabeça, do lado de fora do hospital, vivendo a vida, sendo saudável.

O besouro agora ficou preso no lustre. Deslumbrado com a luz, entregue. Uma das faxineiras abriu a janela, mas ele preferiu ficar ali morrendo na claridade. Idiota. Caminha um pouco no lustre, para, volta a andar, agora com mais dificuldade, vira-se, desvira-se, dá os últimos tremeliques de vida.

JP disse que queria me ver e não veio, me mandou cartas com poucas sílabas, me mandou fotos de ruínas, vulcões e mulheres sem cabeça. Arrancou minha unha. Foi ele quem deixou água parada para o *Aedes aegypti* me picar, eu sei. Ou foi você, Nowakowski. Não me olhe com essa cara, não vai dizer nada?

No muro do lado de fora da janela está escrito *Use LSD*. No painel eletrônico, *483*. É o meu número. Ficar sentada ou me levantar? Ir embora, me enfiar debaixo das cobertas; meus lençóis suados de febre. Dou alguns passos vagarosos, a carteira de Nowakowski ainda em minhas mãos. Uma enfermeira carrancuda me indica o caminho. Ela parece a Lady Gaga com o cabelo castanho – acho que é o nariz –, usa um brinco esdrúxulo que não está de acordo com a etiqueta hospitalar. A Letícia usaria esse brinco. O couro escorrega pelos meus dedos, quero soltar a carteira, largá-la no chão. E se eu levar o documento e deixar o dinheiro? E se deixar o documento e levar uma moeda de Nowakowski?

A imagem de JP em cima da pedra olhando os pés sem dizer nada. Vou jogar a carta fora, estou decidida. Rasgar ou queimar. As poucas letrinhas redondas se apagando com o fogo, o papel retorcendo, as cinzas. Tenho medo de queimar os dedos.

A enfermeira me faz sentar e sai da sala. Aonde vai? Volte aqui, desgraçada, eu estou com pressa. Levo as mãos aos olhos, esfrego. Quero que Nowakowski fique com algo meu. Retiro uma folha de papel do caderno de dentro da bolsa, rasgo um pedaço bem pequeno e escrevo:

Impossível.

Dobro a folhinha e a acomodo dentro da carteira. A Lady Gaga está de volta com um pacotinho plástico na mão, até que foi rápida. A expressão não melhorou muito. Alguém esqueceu, digo, e lhe entrego a carteira. Ela a coloca na mesinha ao lado, não me olha nos olhos, abre o plástico com a seringa. Dá para sentir a agulha furando várias camadas. Pele, músculo, vaso sanguíneo. Derme, epiderme, hipoderme. Hipopótamo, hipoteca, hipódromo. Dor metálica, fina. A enfermeira não encontra uma veia, não encontra a outra. Você tem veias ruins, ela diz, praticamente transparentes. Fica cutucando o meu braço. Acha que encontrou uma. Futuca mais um pouco, desiste. Fura um ponto ainda não perfurado. Minha veia estourada, queimando. O ardor irradiando pelo braço, hematomas com pontinhos roxos e avermelhados, minha cabeça girando, uma rachadura no teto, meu sangue subindo por um tubinho transparente, inchaço, equimose. Dói demais, Nowakowski, você nem imagina.

Golden Gate

Eu tinha terminado um treinamento em San José, no Vale do Silício, e seguiria para uma viagem de férias pelos Estados Unidos. Vivia sozinha, já naquela fase em que as amigas têm marido e filhos. Nunca me dei muito bem com meus pais, o cheiro e as cores daquela casa me faziam pensar no fundo de uma caverna úmida. Fora os companheiros de trabalho, ninguém sabia que eu estava na Califórnia. Se fosse encontrada morta, levariam meses para descobrir minha nacionalidade, o que eu estava fazendo ali. As pessoas aqui também tardariam em notar minha ausência, depois avisariam as autoridades norte-americanas, que fariam buscas. Meu processo na mão dos burocratas da Embaixada Brasileira, meu corpo sem alma, sem pensamento, esvaziado, um silêncio bom.

Era uma profissional bem-sucedida, subia na empresa sem muito esforço, mas nunca me importei com isso. Andava lendo matérias sobre a Ponte Golden Gate. É o lugar onde mais pessoas se suicidam no mundo. Um suicídio a cada duas semanas. Cento e vinte quilômetros por hora em direção à morte líquida no fundo do Pacífico. Causa de morte: múltiplas lesões contundentes. Não sei se algum brasileiro já morreu lá. Apenas um por cento das pessoas que se jogam sobrevivem.

Nos vídeos que encontrei na internet, os *jumpers* da Golden Gate Bridge faziam movimentos similares.

Caminhavam por alguns minutos de um lado para o outro e depois se aproximavam da barra de metal, apoiavam os braços nela. Alguns pareciam chorar, curvavam a cabeça e a alocavam entre os braços. Quando levantavam o rosto, olhavam para a frente e em seguida para baixo. Passavam a perna bem devagar pela grade de proteção e ficavam de pé na plataforma estreita que dá para o mar. As mãos atrás das costas segurando o resto da grade, um último elo com o espaço preenchido, sólido. O tórax projetado para a frente. Eles sempre ficavam um pouco nessa posição antes de saltar. O boné de um velho saiu voando. Passavam-se minutos ou segundos, até que os dedos se soltavam do ferro e o corpo caía.

Para mim, voavam, parecia uma morte boa. A vista era bonita, o oceano, os morros, a baía de San Francisco, a ponte vermelha pulsando sob os pés. Muito melhor do que se jogar nos trilhos da estação da Sé. Uma vez me disseram que, quando você se suicida no metrô, morre eletrocutado antes mesmo de o trem passar sobre a sua carne.

Vi no vídeo uma pessoa se jogando da Golden Gate de costas, com os braços abertos, uma ave tranquila, leve, como se tivesse encontrado muita paz no salto. Era um homem jovem, desses que aparentam ser aventureiros, donos de uma vida agitada. Invejei sua coragem. Parecia que a qualquer momento puxaria uma cordinha, um paraquedas se abriria, e ele pousaria no mar, boiaria de olhos fechados. Parecia que o corpo dele só era sugado pelo mar e depois a água fazia o que era preciso. Macio, suave, indolor.

Comprei uma garrafa de whisky por apenas dezoito dólares, bebi dois copos na varanda do hotel e usei o resto para encher o cantil de inox que levei dentro da bolsa. Já estava de férias e passava os dias no quarto vendo televisão, não tinha vontade de conhecer os lugares, falar inglês, fazer compras.

Só consegui me animar quando tomei a decisão. Um fio de adrenalina nasceu no dedão do meu pé esquerdo e foi subindo até o pescoço. Havia muito tempo não sentia espanto. Pedi indicações para o recepcionista do hotel e peguei o ônibus que me levaria até a ponte. Durante o percurso, olhava pela janela, reparava no rosto das pessoas, dava uns goles bem pequenos no whisky. A ideia não era ficar muito bêbada, mas um pouco mais leve. Não sabia muito bem se queria pular, mas as imagens me atraíam. Talvez sim. De qualquer modo, era preciso ter contato com aquele vazio.

Quando eu me perguntava por quê, me sentia ainda pior. Fazia uma retrospectiva da vida, meu pai deitado no sofá rasgado vendo luta de boxe na tevê, a barriga para fora e uma latinha de Brahma na mão, minha mãe sentada na cozinha comendo uma coxa de frango sobre um *tupperware*, eu na faculdade, cerveja com alguns colegas num bar com mesas que imitam mármore, um garçom triste, nada tão problemático.

As pessoas que saltam da Golden Gate Bridge costumam escrever bilhetes suicidas e inseri-los em sacos plásticos dentro dos bolsos. Um deles dizia "Sobrevivência do mais apto. *Adiós*. Inapto". Outro dizia "Absolutamente nenhum motivo, exceto uma dor de dente". Eu não escrevi bilhete, não saberia o que dizer, a quem me dirigir.

Foi bonito ver a paisagem só um pouco embriagada, as pessoas se moviam de forma mais lenta e tranquila, pareciam felizes. Pela passarela vermelha que transporta os pedestres e ciclistas, li plaquinhas azuis "PEÇA AJUDA. Se você está tendo pensamentos suicidas, por favor ligue para o National Suicide Prevention Lifeline, 1-800-273-8255".

Um homem oriental vestindo uma camiseta desbotada com foto do Michael Jackson veio falar comigo. Achei estranho que ele viesse na minha direção. Disse que eu estava com alguma coisa no cabelo. Toquei a cabeça e desenrosquei um pedaço de folha dos fios. Se aquele chinês tivesse me dito outra coisa, perguntado o meu nome ou qual era minha música preferida, talvez eu não tivesse pulado. Durante todo o percurso, várias pessoas cruzaram o meu caminho, eu olhava nos olhos delas, ninguém dizia nada.

A cada passo, ia me aproximando mais da grade. Procurei um local mais tranquilo, com menos gente. Percorri a barra primeiro com a mão – ela ficou completamente preta –, depois com o braço e os ombros, então passei a me esfregar, sentindo o metal na pele. Um pássaro negro com a cabeça branca pousou ao meu lado. Tinha um olhar derretido e indiferente. Bicou o próprio pé e a barriga. Não o espantei, deixei que fosse embora por vontade própria.

Olhei para baixo. Aquela ponte faz você querer se jogar. Uma vontade de vertigem, frio nos ossos, pedrada no coração, gelo na nuca. Dizem que quem sofre de vertigem não tem medo de altura, e sim de sentir desejo pelo vazio, de querer pular. Fica atraído pelo nada. E depois não se sabe o que acontece. Não é como dormir, acordar, responder "tudo bem e você", cortar as unhas dos pés, limpar a caixa de spam do e-mail.

Passei minhas pernas sobre a grade e fiquei de pé no vão entre a ponte e o mar. Ninguém notou que eu estava ali. Refleti por alguns instantes, escutei as buzinas, vi o desenho espiral que as nuvens formavam. Voltar exigiria uma operação complicada, teria que apoiar primeiro os braços na grade, depois os cotovelos e em seguida as palmas das mãos, fazendo um impulso com os músculos dos braços, até que eles sustentassem o meu corpo inteiro, para que então eu pudesse me sentar na grade e jogar as pernas para o outro lado. Qualquer ato desastrado seria fatal. Soltei o corpo, mas mantive as mãos agarradas na grade. Esse momento é difícil, você não sabe mais se quer ou não. Olha para baixo e sente tontura. Aquilo te chama, mas ao mesmo tempo apavora.

Sensação metálica nas mãos suadas, escorregadias. Apertei mais forte a grade. O vento batendo no meu rosto, bagunçando meu cabelo. Contei até dez. Senti meu corpo com frio. Contei até dez de novo e decidi que contaria até vinte, depois até trinta – um bom número.

Quando meus dedos soltaram, pensei que não queria morrer de verdade. O suicídio é uma coisa de momento, dizem. Os sobreviventes contam que se arrependem do ato no meio do ar. No segundo seguinte, porém, eu já estava conformada. Um final eletrizante para uma vida monocórdia. Quis me lembrar dela, mas só surgiram alguns flashes, o barulho do meu dente mastigando uma cenoura crua, o cheiro do cabelo da minha professora primária, a espuma de sabão ficando suja quando alguém esfrega o chão.

Enquanto caía, me emocionei. A gravidade acelerada fez com que as lágrimas fluíssem ao contrário; em vez de deslizarem pelas bochechas até a boca, escorreram pela testa e têmporas na direção do cabelo. Meus seios também penderam para o lado oposto. Dizem que são quatro segundos, mas a queda parecia permanente. Durante esses instantes, me perguntava se já tinha morrido, se morrer era isso mesmo, cair para sempre. Então, veio o golpe forte na água, uma dor única no corpo todo, a pior dor. Meu corpo batido no liquidificador mais rápido do mundo. Achei que a água tinha me partido em duas, por isso para mim aquilo também já era estar morta. Depois não me lembro.

No hospital, estavam todos comovidos. Quando abri os olhos, bateram palmas. Quebrei os dois tornozelos, uma perna, um braço e três costelas, que lesionaram também os pulmões. O coração ficou intacto. Rose, uma senhora baixinha com bochechas rosadas, ia todos os dias me ver. Ela gostava de visitar ambulatórios, de ajudar os internados. Segurava a minha mão – tinha obsessão por segurar as mãos dos doentes –, eu sentia seu dedão rechonchudo e oleoso alisando a pele sobre o acesso venoso da medicação. E sempre me trazia cookies, ainda posso sentir as gotinhas de chocolate flanando nas papilas gustativas. Eu fechava os olhos, respirava sentindo um ar fresco, quase incômodo, entrando pelas minhas narinas, vasculhando as minhas vias respiratórias, me despertando por dentro.

A história do ar

Quando Antoine Lavoisier descobriu o oxigênio, ou melhor, inventou a palavra oxigênio – afinal, tudo se trata de palavras, letras ou do modo de contar algo –, disse Carlos, olhando para mim com aqueles olhos que eu não entendia como podiam ser tão pequenos, quando Lavoisier inventou aquele gás que chamou de oxigênio, devia estar usando uma de suas camisas de babados brancos nas mangas e na gola, que talvez lhe causassem prurido, ou talvez não, já que ele devia estar habituado a elas; todo aristocrata francês do século XVIII devia estar habituado a elas, não é? Na verdade, o que eu queria dizer é que, quando Lavoisier inventou o oxigênio, provavelmente ele nem sequer se lembrou de que estava respirando.

Fazia dez minutos que estávamos presos no elevador entre o nono e o décimo andar, e eu tinha acabado de contar sobre ser um pouco claustrofóbica. Tinha medo de que a cabine pudesse ficar sem ar em algum momento. Ele continuou falando daquele jeito engraçado, movendo as mãos como se fosse um ator canastrão e interpretasse Hamlet.

Você quer ouvir essa história? E olhou primeiro para mim, em seguida para o espelho por alguns segundos; depois de novo para mim. Eu e Carlos nos conhecemos quando ele começou a trabalhar no jornal do bairro, há cerca de seis meses. É claro que sim, eu disse, mas na verdade só queria escutá-lo falar e, de preferência, conseguir não olhar para o quadrado de luz piscando bem leve no teto. Minhas mãos estavam geladas.

Na verdade, o oxigênio já tinha sido descoberto por um inglês chamado Joseph Priestley, ele só não era tão bom em dar nomes às coisas e era meio maluco – disse, e sentou no piso de granito. Fui escorregando as costas na parede até sentar também e esticar minhas pernas. O Priestley tinha o nariz bem maior do que o do Lavoisier e usava menos babados, mas, além de cientista, era também teólogo, filósofo natural, pedagogo, historiador, gramático, político. Era um homem religioso, mas tinha problemas com a igreja anglicana. Buscou a vida inteira ligar ciência e teologia de um modo meio fanático; tinha umas opiniões fortes, arrumava brigas. Quando era jovem e estudava para ser sacerdote, um dia ficou muito doente e pensou que morreria. Então, suando em uma cama do condado de West Yorkshire, viu uma luz azul se misturando com o ar e teve medo, muito medo, porque achava que não havia sido eleito, que não seria salvo, que era mais insignificante que o castiçal de prata sobre o móvel à sua frente. Após essa angústia existencial, passou a rejeitar a ideia calvinista de que Deus escolheria apenas alguns indivíduos para a salvação. Deixou o ministério. Mas o que isso tem a ver com o oxigênio, perguntei.

Aquele cubículo prateado sempre me pareceu uma idiotice. Como é possível que em pleno século XXI ainda sejamos levados verticalmente por um quadrado tão rudimentar, onde o ar não circula direito, através de um poço, ou fosso, uma cova mesmo – e por que não abismo? –, puxados por uns cabos carcomidos, tendo que apertar um botãozinho redondo, também prateado, para chegar ao lugar. Desconheço quando tenha sido inventado o elevador, mas desconfio que já na época de Lavoisier e Priestley existisse um instrumento parecido ao que conhecemos hoje.

Quando o erguidor parou (inventei agora essa palavra), primeiro tentamos o interfone, que igualmente resolveu não trabalhar, então tocamos o alarme e demorou um tanto para uma pessoa fazer contato. Era um rapaz do escritório de advocacia. Ele chamou o Leandro, zelador, que ligou para a Athus Elevadores. O Leandro era um pouco mole e não ia com a minha cara, nem sequer respondia quando eu dava "bom dia". O Carlos dizia para eu ficar calma, que eles logo nos tirariam dali, que hoje em dia essas coisas são rápidas. Depois de um tempo, o Leandro gritou do décimo andar que os caras da Athus estavam vindo, mas que a cidade estava toda alagada e por isso demorariam um pouco.

Pelo menos não acabou a luz, ele disse. Meu deus, eu disse. Se nos deixassem uma eternidade ali, pensei, e o ar não acabasse antes, não tínhamos nada que pudesse nos auxiliar naquela empreitada de sobreviver fechados em um caixote suspenso. O Carlos tinha uma mochila, provavelmente com livros; eu tinha uma garrafa de água pela metade, uma blusa cinza e uma bolsa com o de sempre, carteira, óculos escuros, celular sem sinal, papeizinhos de máquina de cartões, um pacote de bandeides, a minha bola massageadora, creme para as mãos. Ao menos o Carlos estava lá comigo. E sorria.

O Carlos então disse: me deixa continuar. O Priestley nunca teve muito dinheiro, mas era autodidata. Para se manter, trabalhou um tempo como educador dos filhos do Lorde Shelburne. Após criar teorias sobre o ensino de História nas escolas, tentar sem sucesso ser astrônomo, escrever textos filosóficos sobre a mente humana, fundar uma corrente teológica chamada Unitarismo e inventar uma máquina elétrica para amadores experimentalistas, decidiu dedicar-se a investigações sobre os diferentes tipos de ar.

Uma tarde qualquer de 1774, no laboratório cheio de móveis de madeira e vidro do Palácio de Bowood House, construído especialmente para Priestley pelo Lorde Shelburne, conseguiu isolar um pouco de "ar" num vaso, em seguida o queimou com uma vela e viu que esse "ar" fazia a chama brilhar de forma mais intensa. Depois colocou seu camundongo preferido dentro de um recipiente com o novo gás e viu que o animal ficou ótimo, revigorado. Olhou pela janela, viu o prado em volta e as folhas das árvores se movendo, e então decidiu, ele próprio, inalar o material. Fechou os olhos, respirou profundamente e sentiu-se muito bem. Pensou que aquilo tudo era divino, que aquele "ar" que acabara de descobrir poderia ser Deus.

Então Priestley fez uma viagem pela Europa com o Lorde Shelburne. Em Paris, encontraram-se com outros cientistas e foram convidados a um jantar na casa de Antoine Lavoisier, um químico aristocrata, bem aristocrata mesmo, desses que usam peruca, disse. Eu estava suando e bebia uns goles d'água bem pequenos, só para molhar a boca. O Carlos não quis beber, acho que por educação, mas também estava suando. Enquanto ele falava, eu gostava de ficar olhando umas gotas, que pareciam vir de detrás de sua orelha, descendo por seu pescoço até chegar à gola da camisa azul.

Do outro lado da mesa de jantar enorme, Lavoisier escutou com atenção – ainda que com certo desprezo – os relatos de Priestley. O francês do convidado lhe pareceu sofrível e seus sapatos estavam gastos. No final da apresentação, porém, entendeu que os experimentos do inglês esquisito tinham valor, apesar dos nomes extravagantes empregados por ele e do cabelo seboso grudado em sua testa. Você está inventando isso, eu disse. Não importa, ele disse. Perguntei quanto tempo achava que ainda ficaríamos ali. Já devem estar chegando, respondeu.

No dia seguinte, Lavoisier levantou-se e vestiu-se com seu fraque cheio de botões, meias brancas até os joelhos, sapatos de salto, e foi ao laboratório. E os babados, eu disse. Sim, cheio de rendas e babados, ele disse. Foi até o laboratório bancado pelo rei Luís XVI e repetiu o experimento de Priestley, obtendo os mesmos resultados. Ele também usou um camundongo? Sim, sim, sempre com um camundongo. E qual era o nome dele? Era Pierre. Pierre, o camundongo. Mas Lavoisier era um homem obcecado por questões de nomenclatura. Achava que os nomes criados para os novos inventos da época ("água fagedênica", "óleo de tártaro por desfalecimento" etc.) eram feios e complicados. Já Priestley acreditava em uma tal teoria do flogisto e tinha batizado o novo "ar" de "ar deflogistado", um termo realmente feio. Lavoisier achou ridículo e disse que o ar não era "deflogistado" coisa nenhuma. Sei lá, esses caras eram meio malucos. Estou achando que você também é meio maluco, falei. Pode ser, ele respondeu. A questão é que o Lavoisier publicou textos sobre a descoberta e a chamou primeiro de "ar respirável", mas depois decidiu criar um termo com prefixos e sufixos gregos: *oxys* (ácido, agudo) e *geno* (gerar, criar), daí chegou em *oxigênio*. Imagina quanto tempo não ficou pensando nesse nome. Eu preferia "respirável", comentei.

Quando vi o Carlos pela primeira vez, ele estava sentado no chão da copa, do mesmo modo em que no dia do elevador – uma das pernas dobradas, com os pés apoiados no chão, e a outra toda esticada – e lia um livrinho muito pequeno, que ficava ainda menor em suas mãos grandes; folheava-o com tato e lentidão com a ponta do dedo indicador. Eu estava entediada com alguma matéria sobre a crise do mercado imobiliário e lhe ofereci um café. Era seu primeiro dia no trabalho e ainda não tinham lhe arrumado uma mesa. Conversamos um pouco, e ele logo começou a contar a história de um homem que procurava por sua mulher louca pelas ruas de alguma cidade durante uma guerra. Lembro como se fosse hoje, não tanto da história, mas de como ele a contava. A mulher era ruiva. O homem tinha um cachorro.

Todas as sextas-feiras, ou quase todas, almoçávamos em um quilo que ficava embaixo de um viaduto. Só nós o conhecíamos. Eu tinha descoberto esse local um dia por acaso quando desci do ônibus. Era bem simples, mas a comida era boa e sempre havia peixe. No escritório, nossas mesas ficavam distantes, mas quando almoçávamos juntos falávamos sobre algum livro, ou então ele contava uma dessas histórias.

Falamos de novo com o Leandro zelador; ele não sabia por onde andavam os homens que deveriam nos resgatar, só dizia que estavam vindo, que havia muito trânsito e que continuava a chover. Eu só quero sair daqui, falei. Por que não chamamos os bombeiros? O Carlos achava que eles teriam coisas mais importantes para fazer com a cidade toda alagada. Ainda me preocupava a ideia de ficar sem ar naquela alcova, mas para ele aquilo era psicológico, já que existem aberturas na parte superior das cabines ligadas diretamente ao exterior do edifício, e que nunca faltaria oxigênio do lado de fora, a não ser que o mundo acabasse. Até o camundongo do Priestley, que respirou o primeiro "ar" descoberto, antes do oxigênio ser oxigênio, sabia disso. Ou melhor, não sabia, pois se soubesse, talvez o fato de ter consciência da própria existência e de que ela dependesse de oxigênio o fizesse parar de respirar.

E o que aconteceu depois, perguntei. Pois é, ele disse, o Lavoisier publicou esses estudos com os resultados do experimento e não deu os devidos créditos ao Priestley. Aí começou toda a confusão, porque o Priestley ficou puto e continuou teimando com o tal "ar deflogistado". Ele escreveu uma carta insultando o francês, e ambos trocaram uma série de correspondências malcriadas transportadas por cavalos, que demoravam meses a serem entregues. Se vivessem na mesma cidade, tudo seria mais simples, pois teriam saído no tapa. Vários lordes ingleses tomaram partido de Priestley e chamaram Lavoisier de ladrão. No meio da discórdia, um farmacêutico sueco também reivindicou a descoberta, dizendo que havia realizado algo similar anos antes. Mas o que importa é que Priestley e Lavoisier se detestaram desde o momento em que se viram; você logo sente quando gosta ou não gosta de alguém, não é? Quando os dois apertaram as mãos, elas permaneceram frouxas, inconsistentes.

Então acabou a luz. Minhas costas tremeram e eu quase me levantei e tentei fugir. Se fugisse, me perderia dentro do escuro uniforme daquela caixa de dois metros quadrados. Ele segurou a minha canela e disse que tudo bem. Continuou falando sem parar. Tentei não pensar que a falta de luz faria com que nosso resgate demorasse o dobro de tempo e fechei os olhos por um instante. Naquele momento, me dei conta de que compartilhávamos o ar, que inspirávamos e expirávamos as mesmas partículas de *oxys* e *geno*, ar deflogistado. Ou assim quis acreditar. A luz voltou depois de poucos minutos. Pronto, ele disse.

Essa história termina com uma cabeça cortada. Nenhum dos dois teve um destino muito digno, mas quem levou a pior foi Lavoisier. Priestley envolveu-se em várias confusões religiosas e políticas, dentre elas apoiar abertamente a Revolução Francesa. Acabou perseguido

pelo governo, que temia que o levante chegasse à Grã-
-Bretanha; teve a casa e o laboratório queimados e precisou fugir para os Estados Unidos. Por outro lado, além de poder comemorar a queda da Bastilha, regozijou-se ao receber uma carta onde alguém lhe informava que Antoine Lavoisier, em maio de 1794, tinha sido julgado e condenado em um tribunal revolucionário, que sua cabeça e sua peruca branca haviam voado pelos ares, batido com força no chão de pedra e rolado por alguns instantes, após a lâmina losangular da guilhotina rasgar seu pescoço e interromper a passagem de oxigênio por suas vias respiratórias.

Por que você me contou essa história? Já não me lembro, ele disse. E então sentimos um tranco, um semiterremoto de dois segundos que nos fez tentar agarrar as paredes. Escutamos o ruído das coisas funcionando. Ninguém disse nada, apenas sentimos o movimento. Aguardamos ser movidos para baixo. O silêncio me fez pensar que havia algo perdido no ar confinado da cabine, algo respirável que não era possível segurar com as mãos. Mas logo chegamos ao térreo, onde as portas prateadas se abriram, e vimos o Leandro com umas galochas verdes mastigando uma maçã.

Olhos, cabelo

No início da manhã, minhas pernas se lembram de levantar da cama, caminhar até a cozinha e a sala. Minhas mãos e braços se lembram de colocar os óculos, tirar o pijama, apertar a descarga sobre a latrina, abrir a torneira da pia, lavar o rosto, lavar os dentes, que são acrílico, mas ainda assim dentes, colocar os dentes na boca, fechar a torneira da pia, abrir a torneira do chuveiro, lavar meu corpo com o sabonete rosa que Helena sempre comprava e que sigo comprando porque não me importo com sabonetes. Meus olhos se lembram de ver os tacos de madeira, as manchas dos tacos de madeira, as paredes, as soleiras das portas, a rachadura da pia, os espelhos, o aparador (sobre ele porta-retratos com crianças ou gente já morta e um licor de jabuticaba que ninguém bebe), a Helena deitada na cama, a enfermeira Arlete ao lado dela, as unhas pintadas da enfermeira Arlete. Meus dentes de acrílico se lembram de mastigar o pão. Depois é preciso lavá-los novamente. Minha garganta se lembra de engolir os comprimidos para a pressão e também o café.

Há outras coisas das quais me lembro, mas de modo diferente, porque chegam quando não preciso prestar atenção. Nessas horas, normalmente estou sentado ou deitado, mas às vezes até de pé: quando o Plínio da padaria fala do dobermann dele, que sabe andar só com as patas traseiras e saltar obstáculos, ou quando a enfermeira Arlete conta outra vez a história do pai, que era domador de cavalos no Paraná e que nunca chorou. E quando estou arrumando o armário e vejo uma caixa de madeira. Eu a abro e encontro uma medalhinha prateada de Santa Luzia, então fecho os olhos.

—

Comecei a usar óculos muito cedo. Um dia meu pai notou que eu não conseguia ler o letreiro do bonde e me levou ao oftalmologista. Eu também me apaixonei muito cedo, acho que tinha uns dez anos. Vivíamos na mesma rua, mas não estudávamos juntos. Ela frequentava o colégio de freiras e eu estudava com o Giovanni, que era o seu primo. Um dia eu e o Giovanni escalamos as grades e ficamos espiando pela fresta da janela, assistindo às meninas que desciam as escadas com livros na cabeça. Fiquei paralisado vendo o seu vestido branco e como ela caminhava endireitada, por isso não escutei quando o Giovanni disse "vamos, vamos", então uma freira me arrastou pelas orelhas e me chutou para fora.

Também me lembro do cabelo. Não era liso, os cachos se esparramavam até o meio das costas. Nunca tinha visto um cabelo assim. Eu queria tocar o cabelo. Um dia, dois meninos da rua estavam jogando caroços de tangerina na cabeça dela, sempre faziam isso com as meninas que passavam. Com ela faziam mais por conta dos caracóis. O pé de tangerina ficava num terreno atrás do campo, e as frutas estavam quase sempre muito maduras, com aquele sabor doce e azedo. O cheiro também era doce-azedo. Um dos caroços de tangerina ficou enroscado nos cachos. Eu disse para eles a deixarem em paz e toquei o cabelo. Estava tentando desenrolar a semente, mas ela me deu um soco. Os meus óculos caíram no chão. Todos riram, até o Giovanni. Não pude ver muito bem, mas ouvi; ele tinha asma e quando gargalhava era como se estivesse se afogando no ar.

Sempre que chovia forte, minha mãe chorava por causa dos raios. A gente precisava cobrir todos os espelhos da casa, assim como os talheres, as tesouras e qualquer objeto de metal ou cobre, porque atraíam relâmpagos. Também os meus óculos. Se começasse uma tempestade, não podíamos sair nem para ir à escola. Ela queimava ramos de palma e guardava atrás de um quadro de Jesus. E eu sempre tive medo desse quadro de Jesus, os olhos dele me seguiam. Depois precisávamos ficar embaixo da mesa rezando. Eu olhava a água pela janela, mas não enxergava. Os meus óculos na cozinha junto com os metais, tudo embaçado ao quadrado, a chuva, a miopia.

Ainda tenho medo, mas não da tempestade. Tenho medo de não me lembrar mais, como a Helena. Sei que as minhas pernas um dia podem não se lembrar de como caminhar, minha garganta não se lembrar de como engolir, minha cabeça não se lembrar de quem sou. E então eu passaria o dia deitado na cama escutando a enfermeira Arlete dizer que vai passar creme no pezinho, que vai dar a comidinha pela sonda, que vai passar o paninho no pescoço. O abridor de latas fica na segunda gaveta, a caderneta com os números de telefones fica na mesinha ao lado do sofá, o grampeador fica num cesto sobre a escrivaninha. Segunda é o dia de ir ao banco, terça é o dia de ir à feira, quinta é o dia de jogar baralho no clube, quarta e sexta são os dias de ginástica.

Ela veio até a minha casa e pediu desculpas. Estava usando um laço amarelo no cabelo e me deu a medalhinha de Santa Luzia, que tinha ganhado da madrinha. A santa estava segurando um ramo de palma e uma bandeja com dois olhos. Ela própria os arrancou durante o martírio, disse, mas outros ainda mais bonitos nasceram no lugar. Também disse que era para eu guardar a medalhinha debaixo do travesseiro, que a santa curaria meus olhos. Mas eu devia ter cuidado, ela disse, porque se não fizesse isso, ficaria cego.

O pai do Giovanni me convidou para ir com eles a Santos. Ela também iria, e eu não conhecia o mar. Fomos de automóvel, nós três no banco de trás, o pai do Giovanni sozinho na frente cantando *La Spagnola*. Quando chegamos, mandou tirar os sapatos e as meias, e eu senti os grãos crespos entrando entre os meus dedos. Estendemos um tecido na areia, mas nós três queríamos ir logo ao mar. Deixei meus óculos sobre o pano e corri atrás deles. O pai do Giovanni ficou cuidando das bolsas.

Era sábado, a praia estava cheia, e os dois queriam ir até a outra ponta. Eu só os segui. Já tinha nadado no rio, mas não conhecia as ondas nem a espuma nem a água salgada e ficava passando a língua nos lábios. Nós ficamos ali conversando um pouco. Ela descreveu as casas, as roupas e as mães de todas as amigas.

O cabelo molhado ficava ainda mais comprido, mas menos enrolado. Eu via os dois, porque estávamos muito perto, mas enxergava todo o resto passando como um vulto. Por um segundo, me distraí com a imagem borrada da minha coxa flutuando debaixo da água. Quando olhei para o lado, eles já tinham ido.

Saí do mar e caminhei por alguns minutos, mas logo me dei conta de que não conseguiria encontrar o ponto em que tínhamos nos instalado. Tudo o que podia ver era uma multidão turva e guarda-sóis de bordas indecifráveis. É surpreendente ser tão nítida a lembrança dessas cenas.

Não sei exatamente quanto tempo fiquei ali trombando com as pessoas e tentando reconhecer algum rosto, pareceu uma eternidade. Então começaram a cair os primeiros pingos de chuva. Os pingos foram ficando mais grossos e batendo, duros, sobre as minhas costas, até que já não havia pingos, e sim um curso uniforme de água, uma torneira aberta.

Pensei em chorar, mas decidi não me importar mais com a chuva, o frio, os raios, o caminho de volta, o cabelo, os olhos. Eu só queria crescer e ir embora dali. Sentei na areia com as pálpebras fechadas. Fiquei assim por mais minutos obscuros, até sentir uma mão apertando meu braço. Era o pai do Giovanni, ele disse que estava preocupado, que eu era doido. Chegando ao carro, me enrolou numa manta. Ela e o Giovanni estavam esperando, secos, no banco de trás e não disseram nada. Eu passei a viagem de volta olhando para o chão.

Também não sei há quanto tempo estou sentado na cama com a caixa de madeira no colo e a medalhinha na mão. Passo o dedo sobre o relevo da medalhinha. Vejo de novo a imagem do laço no cabelo, da gente debaixo da mesa, a janela embaçada, o mar embaçado, a praia embaçada, os meus dedos enrugados.

———

Desde o dia em que comecei a limpar o armário, jogar fora os objetos velhos – no fundo da prateleira das malas havia uma estatueta em forma de esfinge e uma touca –, desde o dia em que separei minhas roupas antigas, as roupas antigas da Helena, coloquei-as em sacolas que a minha filha levou ao instituto, acomodei a medalhinha no bolso, e não no saco preto de lixo que minhas mãos souberam fechar com um nó apertado, muito apertado, pois as mãos estão mais fracas e às vezes tremem, mas ainda sabem dar um bom nó, desses difíceis de desatar, que obrigam a pessoa a rasgar o saco, desde esse dia minha cabeça passou a se ocupar demais das lembranças, como se a cabeça e eu fôssemos duas pessoas diferentes; como se ela tivesse vontade própria e às vezes fizesse meu corpo se esquecer dos movimentos: a perna direita por alguns minutos esquece de se levantar, de se colocar à frente, e a esquerda também não se ergue. Por isso acabo paralisado no corredor enquanto me lembro.

E a partir do momento em que minhas mãos agarraram essa medalhinha – e os olhos, o mar, o cabelo –, muitas vezes essas cenas se colocam entre o meu rosto e o resto do mundo. Quando lavo a louça, por exemplo, colocam-se entre a face e os pratos; aquele exato momento em que vamos ao cinema pela primeira vez e começa a brotar uma imagem da tela preta, mas essa imagem, assim como as seguintes, entram desfocadas, como se tivessem sido registradas num dia nublado, ou como se a lente da câmera estivesse suja. Ou como se o cinegrafista tivesse perdido os óculos e a câmera fosse seus olhos. Devo parecer uma estátua ou um fantasma, porque escuto uma voz baixa ao fundo, numa outra camada, e vejo minha filha me olhando com as sobrancelhas levantadas idênticas às da sua mãe, quando a sua mãe ainda olhava para mim, e não através de mim.

—

Eu a vi novamente – vi o cabelo – muitos anos depois, na plateia do Theatro São Pedro, enquanto uma orquestra tocava Beethoven. Tinha dezenove anos e estava trabalhando no escritório de um advogado. Não a procurava, só na memória. E eram os olhos que se lembravam, com pouca nitidez.

Quase todas as sextas, saindo do trabalho, acompanhava o Antônio a algum concerto. O Antônio datilografava com uma velocidade impressionante, batia textos decorados olhando para o teto ou de olhos fechados, enquanto sorria, depois se virava para ver se alguém estava vendo. Ele também tocava piano. Eu nunca entendi muito de música – ainda assim, me divertia com as cortinas vermelhas e os desenhos do teto.

Também gostava de ver todos os arcos dos violinos subindo e descendo juntos, as mãos do maestro segurando a batuta, os movimentos engessados da cabeça dele, aquela sua expressão enraivecida. E a testa franzida do homem que tocava os pratos. Ele ficava quase o tempo todo parado, apenas observando, e participava poucas vezes, batendo com eloquência um prato contra o outro, enquanto os demais músicos pareciam operários executando uma tarefa pesada, e gotas de suor brilhavam em suas bochechas. Eu e o Antônio achávamos aquilo engraçado e nos olhávamos gargalhando em silêncio.

Ao lado dela, um homem gordo dormia com a cabeça caída sobre o ombro. Eu a reconheci. Não sei como a reconheci. O alvoroço dos cachos estava mais contido, os fios, mais curtos, agrupados em blocos engessados, como usavam as mulheres naquela época. Fazia muito tempo que não via o cabelo. Tinha me mudado do bairro e já não era amigo do Giovanni. Ainda assim, algo no cabelo arrancou meus olhos dos violinos quando todos os músicos apontaram os arcos para o lado direito. Olhos arrastados pelo salão sobre as cadeiras, até chegarem a uma ondulação diferente das demais ondulações das cabeças, olhos vendo um queixo se virando, olhos vendo outros olhos que também se espantaram, que também pararam de ver o palco.

Na saída, meu pescoço se espichou sobre os crânios, e eu só às vezes via o cabelo, entre a cabeça do homem gordo, uma outra cabeça toda branca e outras ondas loiras, negras ou mesmo castanhas, mas de um tom diferente. O Antônio perguntou se eu tinha visto o homem dos pratos descendo as escadas, mas eu precisava encontrar o cabelo.

—

A enfermeira Arlete agora diz que eu preciso falar com a Helena, que ela não responde, mas entende tudo. Que sente as coisas, que escutar a minha voz pode ajudar a Helena. Como se a minha voz pudesse fazê-la se lembrar.

A Helena um dia se esqueceu de apagar a boca do fogão, depois se esqueceu de fechar a porta ao sair de casa, depois se esqueceu do Plínio da padaria, depois se esqueceu de um dos netos, depois engasgou com um copo d'água, porque se esqueceu de engolir. As pessoas como a Helena podem abrir e mover os olhos, podem sorrir, agarrar a mão de alguém, chorar e gemer. Mas não se sabe se podem entender, foi o que disse o médico. Eu não sei se a memória da Helena está danificada ou se foi ficando aprisionada dentro do corpo. Se ela me vê e se lembra de mim, se quer me dizer algo, mas não pode controlar os movimentos da boca e da garganta. Se quer mover a boca e me dizer "olá" – se não se lembra como fazer o corpo dizer "olá", mas se lembra de dizer "olá" –, se quer mover primeiro a perna direita, passá-la sobre a perna esquerda, apoiá-la no chão, levantar a perna esquerda e assim ir caminhando pelo corredor até chegar à sala, onde está sua planta preferida, onde está a janela com vista para fora.

—

Quando já estávamos na rua, os olhos se viram de novo. Ela estava do outro lado, então atravessei correndo na frente dos automóveis. Ela disse o meu nome. Estava estudando para o magistério e vivia com a mãe em outro bairro. O Antônio contou uma piada e ela sorriu, depois disse que precisava ir. Essa noite sonhei com ela. Com o cabelo molhado na plateia do teatro.

No dia seguinte eu fiquei esperando na porta da escola. Ela tinha dito onde estudava e o local ficava próximo ao escritório. Como não nos vimos antes, passando todos os dias por essas mesmas ruas, eu disse.

Passei a acompanhá-la até o ponto do bonde no meu horário de almoço. Alguns dias parávamos na confeitaria e comíamos biscoito de nata, às vezes o Antônio nos acompanhava, e a gente ria de tudo, não me lembro muito bem do quê, mas me lembro da careca ensebada do garçom e de uma música que o engraxate assobiava.

Não era a mesma menina selvagem de antes, tinha movimentos contidos e uma boca cerrada que reservava sorrisos e esperava o momento certo de soltar uma frase precisa. O cabelo sempre preso ou parcialmente preso. Eu continuava igual, com meus óculos e meu nariz comprido, mas mais alto. Mais alto e mais magro que o Antônio. Não gostava quando ela ria do que o Antônio dizia. Eu ainda queria tocar o cabelo.

O ano estava acabando, e ela ia terminar o curso. Eu disse que em breve não nos veríamos mais, e os olhos ficaram pálidos, ao menos os meus. Disse que deveríamos fazer uma fotografia. Ela não me pareceu ter olhos pálidos, mas concordou em fazer a fotografia. Sua expressão era sempre plácida, parecia impermeável.

No estúdio do fotógrafo, os olhos viram o sol nas paredes e no balcão. Viram os braços do fotógrafo indicando o local aonde deveríamos ir e depois ajeitando a câmera, quando já havia pouca luz. Nesse momento, minhas mãos tocaram a fivela e libertaram o cabelo. Ela perguntou o que eu estava fazendo, eu disse que era para ela confiar em mim. Ficou com as costas duras, mas manteve o olhar calmo. Tentei simular um arranjo capilar para seguir em contato com os fios, até o fotógrafo dizer para nos virarmos. Saímos do estúdio, ventava. O cabelo voando, e ela tentando conter a tormenta crespa com as mãos. Sorriu. Perguntei quando nos veríamos de novo. Ela disse "sexta-feira no parque da Luz". Tive que gritar "que horas" quando ela já atravessava a rua.

———

Passo os dedos de novo sobre a medalhinha. Estou meio dormindo, meio acordado. Apoio minhas mãos no colchão, me levanto devagar e caminho em direção ao outro quarto. O corredor escuro, meus pés conhecem bem esse percurso. A enfermeira Arlete colocou uma música para a Helena.

———

Cheguei ao parque e me sentei no banco. Enquanto a esperava, abri um livro, mas os olhos pouco se fixavam nas letras e eram atraídos pelo movimento de alguém que passava, por uma pedra no chão, pela imagem do portão. Apoiei o livro ao meu lado e peguei a fotografia que trazia dentro dele. Nós dois éramos estranhos juntos, não combinávamos.

Ela não foi ao parque no horário marcado e nem depois. Quando agachei para pegar uma pedra, vi os óculos mais uma vez no chão, e as lentes cheias de terra. O sol queimou a capa do livro, que era azul. Eu nunca mais vi a menina, o cabelo.

—

Esta é a música que a enfermeira Arlete colocou para a Helena: uma música que começa com a frase "quando eu fui embora, você me falou". Helena me olha e não diz nada. Toco sua cabeça. Peço que a enfermeira Arlete me deixe secar a sua nuca com o pano. Ela tem uma pinta bonita no queixo. Minhas mãos tocam os fios muito lisos e brancos, um pouco suados. Eu me detenho um pouco ali.

As coisas perdidas

Minha avó está de pé sobre o banco que tem uma das pernas tortas. Está procurando o chapéu na prateleira de cima do guarda-roupa. Os ossos da minha avó são arenosos, podres por dentro. O banco que sustenta seu corpo também está meio podre. As pernas da minha avó são tortas, como o banco, e têm manchas roxas de varizes, muitas. Há meses eu escondo suas coisas; primeiro as chaves, depois o pente, os chinelos. Agora o chapéu.

Ontem eu a fiz chorar.

Ela usa um perfume doce, muito forte – para mim, um cheiro vulgar, também podre. Rosa estragada.

É um chapéu bege muito feio, desses de tecido que as pessoas usam na praia. Só ela para sair assim na rua. Saias longas, pretas, até o calcanhar, blusas com flores antigas, que às vezes ainda comportam ombreiras e sandálias com um pequeno salto, como todas as senhoras. E o chapéu. Não sai de casa sem ele. É por causa do sol, que ela odeia. Não se pode confiar em quem não gosta do sol.

Eu sei que sua cabeça está desprotegida, os fios rarefeitos, transparentes. Sei que o couro cabeludo fica visível em algumas partes, que ela se penteia puxando a crina branca para o centro, onde estão as áreas mais depenadas. Sei que é por isso também que ela se cobre com o chapéu, mas não só. Ela gosta daquela casa fria e mofada que faz dos meus pés pedras de gelo irritantes. A sala é tão escura que nem sei por que temos cortinas

nas janelas. Cortinas limpas, piso limpo, móveis limpos. E lençóis limpos que cobrem o sofá, porque eu e os gatos podemos sujá-lo. Ela recolhe os gatos na rua, tem pena. Que Cristo os proteja, isto sim, minha filha. Eles soltam pelos. Todos os dias precisamos passar aspirador para manter a casa higienizada. Imaculada, como ela quer.

Fingi procurar pelo chapéu por todo o guarda-roupa, mas minha avó me chamou de cabeça de vento. Não presta atenção, isto sim. Então me puxou para baixo e se pôs a escalar o banquinho agarrando-se no meu braço. Não é uma mulher pequena, pelo contrário, tem o corpo volumoso. Vi sua parte traseira, e aquele ângulo me fez lembrar do dia em que ela se sentou em cima das chaves para eu não sair. O pai da Karina me viu beijando um dos garotos do posto e contou. Eu tinha um encontro no fim da tarde e minha avó ficou sabendo. Implorei para abrir a porta, disse que precisava ir à farmácia, que morria de dor de cabeça, mas ela olhava para um ponto fixo na parede. As chaves aprisionadas sob o quadril largo e as coxas engorduradas. Eu me sentei encostada na porta com os braços em volta dos joelhos dobrados e fiquei ali até a noite. Minha avó pavimentando as chaves com pedra. Nós duas em silêncio. Depois fui para a cama sem jantar.

Já faz algum tempo. A gente cresce e vê nascer uma espécie de barriga debaixo dos mamilos, fica orgulhosa ao vestir um sutiã ainda frouxo, depois começam a nascer os pelos nos lugares mais estranhos e é melhor tirá-los logo dali. Um dia um homem suado nos diz algo na rua, outro dia os cabelos ficam desarrumados com o vento, tomamos chuva, e a roupa fica grudada no corpo. Filmes com vampiros ou Leonardo DiCaprio. Então estamos distraídas olhando uma pomba manca, quando chega um menino perguntando se já provamos chiclete de melancia ou algo assim – e é como se sentíssemos uma água gelada caindo pelo abismo do corpo, e isso quer dizer que já sabemos tudo. O menino continua tecendo considerações sobre o chiclete de melancia, que tem gosto de detergente, mas é bom.

Minha avó é uma mulher bastante metódica. Suas chaves sempre ficavam penduradas ao lado da porta. Enquanto ela dormia, peguei o chaveiro bem devagar, tomando cuidado para não fazer ruído. Pensei em deixá-lo no revisteiro que fica bem debaixo do porta-chaves – seria como se elas tivessem caído –, mas achei que desse modo o resgate seria rápido demais. Fiquei alguns minutos rodando pela sala, no escuro, sozinha com meus passos monocórdios, minha cabeça ensimesmada. Então decidi guardá-las dentro do armário do banheiro, ao lado da pasta de dente.

Ela ficou louca. Precisava ir à igreja, a porta trancada, as chaves sumidas. Procurava na bolsa-na-mesa-da-sala-na-mesa-da-cozinha-na-minha-mochila-no-chão-debaixo-das-almofadas-na-fechadura-do-lado-de-fora-na-bolsa-na-mesa-da-sala-na-mesa-da-cozinha-na-minha-mochila-no-chão-debaixo-das-almofadas-na-fechadura-do-lado-de-fora. Eu disse que podia abrir a porta, mas que estava de saída; ela sabia que eu trabalhava à tarde e só voltava de noite, depois da faculdade. Disse que, se ela quisesse, podíamos deixar a casa destrancada. É claro que ela ficou furiosa, que a ideia lhe pareceu, isto sim, uma blasfêmia. Com essas ruas, com essa corja à solta por aí.

O chapéu também ocupa um lugar fixo na casa quando não está sobre a cabeça. No cabide do corredor de entrada. Uma vez o coloquei na gaveta das calcinhas, elas são todas beges como ele. Outra vez ela estava atrasada, o banco ia fechar em 30 minutos. Eu gosto de observá-la com os passinhos velozes, mais velozes do que as pernas podem suportar, abrindo portas e gavetas, desordenando a casa e tentando ordenar a mente, tentando se lembrar. Fico em silêncio, quase sorrio, a sigo pelos cômodos. Quero que ela pense que está ficando esclerosada, como a dona Evangelina, que confundiu o filho com o Getúlio Vargas. Às 16h30, se sentou suada na cadeira da cozinha, um lenço secando a água do rosto, cobrindo a cara derrotada. Na manhã seguinte, encontrou o chapéu na gaveta de frios da geladeira.

Já são cinco gatos em casa, eles não gostam de mim. Criaturas de Deus, ela diz. Lavam-se. Mas os cães? E o homem no chão com os olhos amarelos? E as formigas que ela esmaga com a pontinha do indicador com a agilidade de uma trituradora industrial? Eu sinto o cheiro azedo que elas exalam após a morte. Agora sim, agora eles vão ver. Suas caras prensadas nas grades das cadeias. E nós vamos poder andar em paz, comprar nossas coisas, minha filha. Direitos humanos para humanos direitos, isto sim. Não para os que não trabalham, que não têm asseio. Para se drogar dão o seu jeito, isto sim.

Em suas buscas, ela se irrita com a minha inação. No fundo, agora eu quero observar as coisas desaparecendo, tudo se desfazendo com uma bomba atômica muda e vaporosa que ninguém nota. Ela está de pé sobre o banquinho, olha para cima e tateia as peças esquecidas nas profundezas domésticas. Insulta os grilos ruidosos da única árvore que sobrou na rua. Enquanto ela perde suas coisas, perde a si mesma.

Eu me lembro de um dia bom. Tinha cerca de seis anos e atirei na parede um vaso de cimento em forma de mãos. Minha mãe gritou muito, era o seu vaso preferido, talvez o objeto mais querido da vida, presente de um artesão de Cananeia. Uma história que ela nunca contou direito. Então eu chorei e me apertei num canto do quarto, pensei que ninguém nunca entenderia. Mas minha avó chegou e não se importou com o vaso quebrado, nem com a brutalidade do ato. Ela me abraçou e disse que Cristo não gostava de ver criança chorando, e eu chorei mais e pensei que então minha avó entendia o que era a dor. Ela tinha o corpo grande e mole, e eu quase sumi dentro dele.

Dos beijos, nunca gostei. Ela tinha os lábios mais molhados que o normal. E com essa idade eu tinha horror a saliva alheia na minha pele. Ela me queria sempre bem limpa, me esfregava tão forte que eu saía do banho vermelha. A esponja, com o passar dos anos, foi ficando desgastada e machucando menos a pele. Até que um dia derreteu por completo e ela comprou outra. Se eu soubesse que o carro da minha mãe explodiria na estrada para Pirassununga, depois de bater no caminhão-tanque, se eu soubesse que suas células desapareceriam do mundo junto com a lataria, não tinha atirado aquele maldito vaso em forma de mãos. Vejo agora os dedos de cimento quebrados no chão. O vaso voando no ar, minha mãe e os dedos de carne voando no espaço. E depois eu sozinha com essa velha. A igreja em forma de caixote sem janelas, cadeiras de plástico. Cheiro de perfume de rosa podre. Agulha de crochê.

Foram duas noites chuvosas, duas noites em que a luz acabou no bairro. Naquela época, era como se o desejo subisse pelas paredes em gotículas de suor. Ia subindo até chegar ao teto e cair na minha testa. Eu já não tinha horror à saliva alheia na pele, na boca. Nem ao suor. Passava os dias naquele quarto apertado sem luz, os raios de sol clandestinos entrando pela janelinha minúscula com vista para o muro. E esse garoto, o Gabriel. Era de noite e tínhamos acabado de sair de uma apresentação de teatro do colégio. Ele quis me acompanhar até em casa; havia um resto de chuva, mas dava para caminhar. Então acabou a luz da rua e tudo ficou calmo demais. Eu vestia uma saia vermelha e os pingos já não esfriavam minhas pernas. O Gabriel chegou muito perto, envolveu minhas costelas e só encostou a boca no meu pescoço. Eu quis que ele continuasse.

Ontem, quando o chapéu estava amassado debaixo do travesseiro, ela pensou que o tinha esquecido na farmácia, telefonou para perguntar. Quem atendeu foi a Dona Fininha, que é irmã do dono. Eu me lembro da Dona Fininha. O chapéu não estava na farmácia,

nem-na-gaveta-das-calcinhas-nem-na-geladeira-nem-
-no-guarda-roupas-nem-no-varal-nem-no-sofá-nem-na-
-mesa-da-sala. Envelhecer é como escalar uma grande
montanha, isto sim – ela dizia. E chorava encolhida com
um gato no colo. Já faz duas semanas que eu escondo o
chapéu, não todos os dias, mas vários deles.

Na segunda noite chuvosa, eu contei da gravidez. Ela
disse VA-GA-BUN-DA. Lembro de cada sílaba e das pausas.
Nesse momento, seus lábios estavam molhados, viscosos,
como quando ela beijava o meu rosto. Vi a cor da gengiva.
Algumas gotas de saliva também pularam da sua boca
e vieram parar no meu olho. Ela falou no telefone com
a Dona Fininha e fomos para a casa dela, na chuva, no
escuro. Não que eu pudesse ter um bebê naquele momento, não tenho nem ideia do impacto que seria. Mas
a casa da Dona Fininha também cheirava mal, a café e
a banheiro. E ninguém perguntou o que eu queria fazer.
A Dona Fininha era mesmo muito magra, tinha os olhos
fundos, dentes tortos muito espaçados. Eu ensopada, deitada num tapete, uma agulha de crochê esterilizada no
fogão tentando furar a minha placenta, a dor que um dia
eu achei que minha avó entendia. Em casa, febre, sangue,
mais dor. Pedi para ir ao hospital, e minha avó quieta,
sem me olhar nos olhos. Só me levou no último momento,
eu já inconsciente. O médico retirou o que tinha sobrado
e mandou chamar a polícia. Minha avó deu oitenta reais
à enfermeira e tudo se resolveu.

Mas os meses seguintes foram piores. Vários deles sem
trocarmos nem uma palavra. Um dia ela estava assistindo

à televisão e eu cheguei na sala. Fiquei de pé atrás do sofá, encostada na parede. Era esse programa que ela sempre assiste às 17h. Um homem dizia que a criança não é apenas um órgão do corpo da mãe. A criança é um ser completamente separado, com DNA diferente – seguia –, e a mulher que aborta não é nada mais do que uma assassina. Ela se virou e viu que eu estava ali no canto, encolhida. Ficou um tempo me olhando com olhos de boi entediado. Olhos de boi indiferente à mosca que lhe pousa entre um olho e outro. Não disse nada, e o nada pareceu durar uma vida. Depois ela se virou novamente para a tevê.

Minha avó, dores nas costas, reumatismos, osteoporose, pernas roxas. Está em cima de um banquinho com as pernas tortas. O chapéu na cozinha junto aos panos de prato. Eu estou sentada na cama e vejo o banco pendendo para o lado. O banco se move, ela se reequilibra jogando o peso para o outro lado. Não quer se dar conta, está nervosa, precisa do chapéu. Agora minha avó está prestes a cair. Imagino aqueles ossos quase podres – como o perfume – se quebrando, explodindo como um carro que se choca com um caminhão-tanque, como os miolos de um assaltante. O banquinho vai se virar, tomba para o lado esquerdo, suas mãos balançam no ar, batendo asas como se voassem. Penso em não me mover, não quero me mover, mas já estou de pé ao seu lado e a seguro pela cintura. Desça daí, vovó, deve estar em outro lugar.

Já olhou debaixo da cama?

Como se fechassem janelas

Tia Leusa diz para ela tentar dizer. Ela responde que sim, que vai tentar, que vai se esforçar mais nas sessões com Priscila, a fonoaudióloga (loira tingida, raiz preta, cabelo alisado, aparelho nos dentes, sorriso forçado, boca aberta dizendo "aaah"); mas no fim não diz, não desse jeito rumoroso, diz do seu jeito: manual. A palavra "manual" tem sentido oposto à palavra "automático" ou "mecanizado", como os dentes da Priscila, que se mostram de forma dispensável.

Ainda não sabe por quê, mas tem medo do aparelho fonador. Tem medo de que os sons de suas cordas vocais sejam feios e esquisitos como as sobrancelhas que viu no site "Mundo curioso", "As sobrancelhas mais feias que você já viu". Sobrancelhas grisalhas emaranhadas, monocelhas peludas, sobrancelhas retiradas em excesso, sobrancelhas inexistentes, preenchidas com lápis de olho, sabe-se lá por qual motivo (dermatite, quimioterapia ou apenas mau gosto). Imagina tia Leusa dizendo "sobrancelha" (a boca mexendo, primeiro meio fechada, quase um bico, depois os lábios unidos como que se mordendo, em seguida entreabertos, um pedaço de língua se mostrando entre os dentes e, no fim, tudo bem aberto). Sai da garganta de tia Leusa um som que ela não pode escutar. Um som que deve ser espesso e preto.

Abre a porta do armarinho do banheiro e não encontra absorvente. Olha de novo para o vaso e vê a água vermelha. O sangue manchou a calça. Vai até o tanque e esfrega. Não quer que tia Leusa esfregue e não quer que tio Betinho veja o borrão, caso seja seu dia de pôr as roupas na máquina. Está sozinha em casa, tio Betinho trabalhando no banco, tia Leusa no centro comprando material de costura. Procura de novo o absorvente e não encontra. Ela se esqueceu de escrever ABSORVENTE na lista do supermercado. Fica parada pensando e quer saber se o sangue descendo do útero faz barulho, o barulho da água saindo da torneira; se o ruído da descarga é igual ao da garganta engolindo. Como é o ruído da palavra ruído?

Precisa ir à farmácia, não há outro modo. Com sorte, será tudo muito rápido: encontrar a marca de absorvente na prateleira, entrar na fila, aguardar a moça do caixa dizer o preço, olhar o número na telinha, pegar a carteira na bolsa, dar o dinheiro, esperar a moça dar o troco e a nota fiscal, esperar a moça sorrir e mover a boca, sorrir também, pegar a sacola, fazer tchau com a mão. Com sorte, o sangue não vai manchar de novo.

Mas havia comido cebola crua no almoço; sente os pedacinhos ásperos queimando por dentro. Sim, como se não bastasse, sofre de refluxo gástrico. Seria bom aproveitar a ida à farmácia e comprar também o remédio para acidez (frasco rosa, sabor cereja, adocicado, gosto rosa, tampa rosa, embalagem de cartolina com desenho de estômago e esôfago rosas, letras MAALOX de outra cor). O Maalox provavelmente não estará na prateleira branca ao lado do absorvente, mas ela se vê no espelho do banheiro e gosta dos fios caindo sobre o rosto, coloca o cabelo atrás da orelha e se sente forte. Os ombros estão bem esticados, como tia Leusa diz que devem estar (ela sentada na cadeira e tia Leusa chega por trás e endireita seus ombros, então se põe na frente dela e diz com as mãos: "postura" e "você vai ficar com dor nas costas", e "vai ficar corcunda como o seu tio"). Tia Leusa aprendeu a falar com as mãos, como ela, tio Betinho não consegue, se atrapalha. Prefere escrever no bloco de notas.

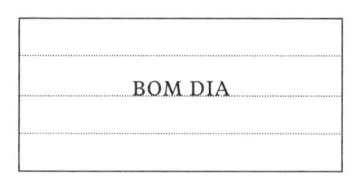

> BOM DIA

Sempre que chega, afrouxa a gravata. Ela vê os ombros de tio Betinho se soltando e descendo do pescoço, a pequena corcova repousa na parte traseira. Ele tira os sapatos, senta na poltrona ergométrica, puxa a alavanca para esticar as pernas. Então vem o suspiro, que ela reconhece porque buscou no dicionário quando leu SUSPIRO num poema e porque o peito de tio Betinho se enche e se esvazia. Entende. Tio Betinho depois fecha os olhos e só volta a abri-los na hora de jantar. Ela sabe que é hora de jantar porque ele abre os olhos de repente e por isso sabe também que, às suas costas, na porta da cozinha, estará tia Leusa e que ela terá acabado de dizer BETO ou JANTAR ou COMER.

Um dia, estava sentada na mesa e viu Tia Leusa dando um salto da cadeira, arregalando olhos, que ficaram muito abertos por mais um tempo, como se tivessem visto uma assombração; as mãos de tia Leusa na cabeça e depois cobrindo a boca. Tio Betinho entrando com pressa pela porta, as sobrancelhas grossas levantadas, as mãos deles dois na cabeça e na boca, na cabeça e na boca. E atrás dela, o armário da cozinha, o armário bambo da cozinha, enfim estatelado no chão. Todos os pratos, copos, jarras e tigelas de porcelana em cacos, espalhados pela área de serviço, pia, fogão, debaixo da geladeira.

Suspira e sai. Fecha a porta. NARA. Vê a boca do vizinho muito aberta (boca larga, rosto redondo, barba castanha, quase ruiva, nariz antipático). Nara é o nome dela, duas vezes a letra A bem aberta, não como "Betinhu", quase fechada no final. Como MAALOX. Sabe que dizem o seu nome porque abrem muito a boca, duas vezes. Imagina o som da letra A aberto como o som das asas de um pássaro em movimento. Acena para o vizinho, sorri e sai rápido. Agora desce as escadas e pensa que talvez não queira ir à farmácia sozinha, que tia Leusa prefere que não saia desacompanhada, que pede para Mariana acompanhá-la ao colégio, que Mariana não abre a boca ou move as mãos durante todo o trajeto e que as duas vão olhando para a frente e para baixo, para a frente e para baixo, que os ácidos estomacais vão chegar à garganta, que o sangue vai escorrer pelas pernas até chegar ao dedão do pé. Não entende por que só ela fala uma língua em que para dizer A não se abre, e sim se fecha a mão.

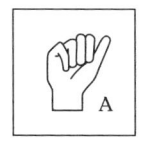

Por isso não diz. E, se dissesse, não saberia se estaria dizendo como deveria dizer, como os outros, e não como uma sobrancelha desenhada com lápis de olho. Lá fora, a rua muito cheia (verde-azul-marrom-cinza). O letreiro vermelho da loja de sapatos piscando. Não sabe se o letreiro faz barulho ao piscar, se o som da palavra vermelho pisca. O taxista e a mulher estão discutindo, porque os lábios se movem rápido, as sobrancelhas estão curvadas em forma de V, as mãos vão para um lado e para o outro, para cima e para baixo, afoitas. A luz que bate nas vitrines combina com a palavra AMARELO, porque as pessoas abrem a boca várias vezes quando falam. A luz, porém, não combina com a palavra LUZ, porque pronunciam LUZ com os lábios quase cerrados, e é como se fechassem janelas.

Uma outra vez, também estava sozinha em casa e não ouviu os trovões, a água descendo do céu, os ruídos das portas e janelas se batendo. Só viu a cortina branca voando feito um espírito e, em seguida, vento forte e pingos no rosto. Então fechou a janela da sala e correu para fechar as outras. Foi preciso abrir as portas de todos os cômodos; as portas haviam feito SLAM. "Slam" – leu na revista –, uma competição de poesia falada que ela nunca poderá escutar. A palavra SLAM é um verbo e, em inglês, quer dizer bater com força. As portas e janelas batendo com força fazem rumor semelhante ao da palavra "slam". SLAM, pensou, ao ver as portas fechadas.

Entra na farmácia, mais um suspiro. Treme um pouco, pega a marca de absorvente preferida, não olha o preço, coloca no cestinho. Está suada, o ácido estomacal no esôfago, alguém precisa limpar aquele chão encardido, Tia Leusa já teria passado logo um pano; pensa em ir para o caixa, pensa no sangue, quer sair correndo. Percebe que alguém a observa, o atendente atrás do balcão sorri. O rosto queima, se imagina vermelha, piscando como o letreiro da loja de sapatos, como sangue. Ainda assim, não entende, gosta do sorriso, parece encorajador. Dentes bem brancos, não como os de tio Betinho, que fuma Marlboro Light. Endireita os ombros, quase sorri, caminha até o balcão.

Os lábios do atendente, ou farmacêutico (não deve ser farmacêutico ainda, é muito jovem), são pálidos, beges, quase da mesma cor que a pele dele (jaleco branco, logotipo azul com o nome da farmácia também azul, de um tom mais claro, um crachá: PEDRO HENRIQUE). São grossos os lábios. O nariz pequeno, um pouco espalhado, rosto oval com um furo no queixo. O rosto lhe parece bonito. Há quatro tipos de rosto: redondo, oval, oval-redondo, pontudo. Os melhores são os ovais. O olhar é delicado, a primeira palavra é VOCÊ, o lábio inferior encosta um pouco no dente. O coração começa a bater estranho, uma bola de tênis. Ela se pergunta se o coração faz barulho. Enquanto pensa isso, se perde, e a boca dele se mexe muitas vezes, já não é possível acompanhar.

Os lábios continuam se movendo, e agora ele a olha do modo que ela não gosta. O olhar que demanda "e aí, não vai dizer nada?". Tira a caderneta da bolsa:

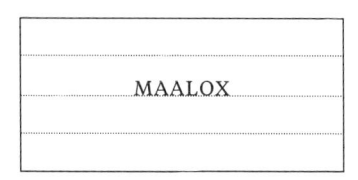

MAALOX

Ele então diz AH. E depois o que ela já sabe que ele vai dizer e que todos dizem, DESCULPA.

Vai buscar a caixinha, dá a volta no balcão e a entrega, sorrindo de novo, agora um sorriso acanhado. Ela não quer que ele seja igual a todos. Pedro Henrique pergunta se deseja que ele a acompanhe (a boca dizendo essa palavra estranha, DESEJA) e segura o seu braço, como se ela fosse cega. Depois, de novo DESCULPA. Ela odeia que digam DESCULPA e que segurem o seu braço, mas ele segura de um modo diferente. Quer escoltá-la até o caixa e apoia a mão em seus ombros como se a protegesse da guerra. Ele ainda a olha.

Na porta da farmácia, o pulso dele resvala no seu, os pelos se eriçando, a pele ficando como a pele da galinha, movimento que ela também imagina ter um som, o som da planta crescendo. Ela diz tchau com a mão e sorri. Caminha na rua (verde-azul-marrom-cinza). Isso que não entende também faz algum som?

Enquanto os outros dançam

Tudo começou por causa da fotografia. Passei a noite toda sentado do lado daqueles dois, escutando cada palavra que diziam, porque tinha visto a fotografia. Quando os notei, estava encostado em uma das pilastras e olhava o salão. As mesas com toalhas claras, beges, e as cadeiras cobertas – vestidas, como se também fossem noivas – com um tecido igualmente bege, um pouco mais lustroso, e um laço amarelo (isso me pareceu ridículo). Olhava para as borbulhas da taça de espumante e de novo para o salão, e então para as luzes no teto negro. Pareciam luas cheias, cento e oitenta luas cheias – quarenta e cinco por coluna – e olhavam para nós, humanos, cobertos com ternos pretos e vestidos de cetim (de cores diversas), bebendo álcool e mastigando camarões.

Já era possível ver a mesa em que estavam, distantes e rígidos. No início, porém, não via a fotografia. Reparei que eles também olhavam para o chão, para o rosto um do outro e outras vezes para a frente. Também fingiam observar a festa e as risadas das pessoas que conversavam tocando os braços ou os ombros dos outros. Tinham cerca de quarenta anos, creio. Pareciam bonitos, ao menos daquela distância. Ele começava a perder os cabelos – via-se quando virava a cabeça para o lado direito na direção dela – e, assim como eu, não usava gravata, apenas camisa, calça social e um paletó azul-escuro. Ela usava um vestido qualquer de festa, vermelho, desses que brilham um pouco, e tinha os cabelos meio loiros, meio castanhos, presos, mas com alguns fios soltos caindo sobre o rosto e o pescoço. Era uma cena normal e eu não pretendia me fixar muito a ela. Então vi a fotografia.

Uma pessoa pode mostrar uma fotografia a outra em uma festa – eu sei –, mas, ainda assim, aquilo me pareceu extravagante. Por isso, enchi meu prato de risoto de aspargos e procurei um lugar próximo a eles. Por sorte – ou destino –, quando me acercava, um rapaz alto e sua esposa se levantaram da mesa ao lado. Antes de me acomodar, fiz uma volta um pouco suspeita e passei por trás deles, para poder ver a imagem. Era uma foto mais ou menos antiga. É possível que tenha reconhecido algumas pessoas em uma paisagem bucólica. Não pude ver mais que isso, já que a manobra precisou ser feita com certa agilidade para não chamar a atenção.

Não quero parecer enxerido ou indiscreto, mas passei então a escutá-los. Ela tinha as pernas cruzadas e balançava muitas vezes o pé suspenso. O sapato alto, descolado do calcanhar, batia contra a sola. Eles sorriram e depois ficaram sérios, e depois sorriram de novo, e ele disse "bons tempos aqueles", e ela disse "bons tempos". Ele se levantou e perguntou se ela também queria vinho. Ela disse "sim, por favor" e tirou um espelhinho da bolsa para ajeitar o cabelo. Depois pegou o celular e digitou algo. Quando ele voltou, guardou de novo o celular na bolsa.

"E você, está bem?"

"Você já me perguntou isso."

"[ ]"

Ele riu e levantou a taça.

"Mas está bem?"

"Sim, estou bem. Te disse, meu pai está internado, mas acho que estou me preocupando à toa, ele deve receber alta esta semana."

"Ele vai ficar bom logo."

"Acho que sim."

Ele bebeu vinho, ela bebeu vinho. Eu me curvei na direção do prato e fingi estar concentrado no ato de erguer e baixar o garfo, erguer e baixar os olhos. Observava às vezes o fundo do salão, mas não queria que as pessoas da empresa me vissem ali, que me chamassem para sentar com eles, me obrigassem a perguntar sobre seus filhos, sua casa nova, sobre a última viagem que fizeram; a comentar as semifinais dos campeonatos e as delações premiadas, a criticar as multas de trânsito.

"E sua irmã, ela estudava o que mesmo?"

"Publicidade. Está morando no sul."

"Sabe, quando você estava grávida, achava que o bebê ia ser igual a vocês. Sua irmã, sua mãe, você, todas tão parecidas..."

"É, a Clara se parece com o Mário."

Eles ficaram um pouco em silêncio e deram mais goles no vinho. Ela olhou para a noiva, deu um sorriso e acenou; uma moça derrubou uma taça e o garçom veio limpar com um esfregão; um menino pequeno passou correndo entre as mesas e ficou de pé em cima da cadeira.

"Vocês sumiram naquela época."

"Bem, sim. É natural. Foi melhor assim."

"[ ]"

"Há quanto tempo vocês estão separados?"

"Dois anos." E a olhou bem nos olhos, sem piscar, como ainda não tinha feito desde que me sentei ali.

"Você está igual."

"Igual a quê?"

"Igual ao que era. Olha a foto, igualzinha. Não só o rosto, o jeito, tudo. Ainda rói as unhas?"

Ela pegou a foto e a olhou mais uma vez, depois apoiou-a de volta na mesa e disse "meu rosto agora é mais fino" e, em seguida, rindo, "você está diferente, acho que por causa do cabelo". Ele também riu e disse "não sacaneia".

A mãe do menino disse para ele descer da cadeira. Ele obedeceu, mas logo deitou no chão com os braços abertos e girou. A mãe o puxou pelo braço. Um garçom, que caminhava apressadamente levando copos com refrigerantes, parou um momento em frente a uma pilastra e respirou mais fundo.

Eu deveria ter me levantado e ido falar um pouco com a Ana da recepção, mas precisava ficar ali, não podia me afastar da história. Começava a me afeiçoar a ela.

Vivo sozinho, sou alérgico a gatos. O barulho dos encanamentos do prédio e a fila que as formigas formam nos azulejos da cozinha me entristecem. Tento observar as estrelas – quando há –, mas sempre acabo observando os vizinhos do prédio da frente e seus lustres redondos, suas samambaias penduradas, suas grandes tevês de plasma cheias de luzes. Às vezes invento suas histórias, como a da moça que dançava na sala e tinha sido bailarina em Pequim, ou a do velho que se sentava todas as noites sozinho à mesa para beber vodca, porque tinha brigado com os filhos.

"Você ainda rói as unhas?"

"Ah, as unhas? Não, agora passo esmalte, costuma funcionar. Só que, quando começam a descascar nas pontinhas, fico querendo roer. Quando lavo louça, descascam."

"Mas elas estão ótimas." E pegou uma de suas mãos. Ela rapidamente a puxou e esfregou na coxa. Depois juntou as duas mãos e entrelaçou os dedos.

"Sim, mas ontem mesmo fui à manicure."

"E eu parei de fumar."

"É mesmo? Isso é muito bom."

"Sim, mas agora estou calvo e tenho barriga." Ela riu alto e soltou sua mão da dele.

"Você não faz nenhuma atividade física?"

Havia muito barulho em volta, mas não podia escutar nada que não fosse eles. Para mim, era como se aqueles dois ocupassem tudo, avançassem pelo salão branco até tomá-lo por completo. Porque, quando ela sorria um sorriso pequeno, ele também sorria e olhava para o chão, porque eles sorriam e olhavam a fotografia, coçavam o braço e olhavam a fotografia, ajeitavam as sobrancelhas e olhavam a fotografia.

Quando o homem se moveu um pouco para o lado direito, cravei os olhos novamente na imagem, mas estava muito longe para enxergar bem. De qualquer modo, era possível ver pessoas, que passei a acreditar serem quatro, com uma árvore, ou umas árvores no fundo. Eu não podia ver os seus rostos, mas sabia dos buracos entre os dentes, das manchas na pele, as cicatrizes e os pelos na barriga. Sabia porque, naquele momento, a história já era minha.

"Você lembra quem tirou essa foto?"

"É mesmo, se estamos todos aí..."

"Pode ter sido o Antônio. Ou a Paula. Eles estavam nessa viagem? Não me lembro. Ou o meu irmão."

"Ou um fantasma."

"Sim, claro, um fantasma faz todo o sentido. Sabe que quando era pequena tinha medo das fotografias? Principalmente as antigas. Achava que as pessoas estavam presas lá dentro. Tipo fantasmas mesmo."

"Essa foi a última vez que estivemos juntos?"

"[ ]"

"Os quatro, sim. Eu e você, não sei."

"[ ]"

Nesse momento, um colega do escritório me interrompeu e se sentou ao meu lado. Perguntou se eu estava gostando da festa, se tinha visto que estavam servindo champanhe, se tinha dado certo o contato com o corretor de seguros, se não queria me sentar com os outros. Eu disse que sim, estava tudo ótimo, que sim, logo ia pegar um pouco de champanhe, que sim, conversei com o corretor de seguros, obrigado, e sim, sim, já ia me juntar a eles na mesa grande, só estava esperando uma ligação importante, por isso precisava ficar ali um pouco. Desejei estar sozinho em casa com a história, sentado na minha poltrona verde musgo, tomando meu copo de conhaque.

Imaginei uma mulher com um casaco branco correndo dentro da fotografia, enquanto um homem a observava.

"Você está bem?"

"Já é a terceira vez que você me pergunta."

"Desculpa, acho que estou um pouco nervoso." E olhando um pouco para o chão, um pouco para ela: "Pra mim foi muito difícil. Imagino que pra você também."

"[ ]"

"Você não vai dizer nada?"

Ela não disse. Esfregou a sobrancelha direita com o indicador e também passou a bater o sapato no calcanhar com mais força. Pegou a fotografia, olhou, colocou de novo na mesa. Continuou sem dizer.

"Pode ficar. Não faz essa cara, pode ficar com ela."

Então aumentaram muito o volume da música e todos foram dançar. Já não era possível escutá-los. Tive que me conformar em observar seus gestos e tentar ler seus lábios. Mas não era possível entender muito. Todos dançavam, e eles continuavam ali, em silêncio, olhando na direção da pista. Para mim, ele disse "você está bonita". Sim, ele disse "você está bonita", e ela só seguiu olhando para a pista, o rosto aparentemente tranquilo. Em seguida, observariam, de longe, um homem durão que movia só os pés, uma loira com salto muito alto que dançava bem, mas não parava de olhar para a outra loira com salto ainda mais alto, o Evandro do financeiro, que parecia realmente feliz e levantava os braços.

Reparei novamente no teto preto com as luzes brancas circulares que pareciam luas cheias e pensei que talvez fosse o momento de me levantar. As luas estariam cansadas de tanta resignação e música pop.

Olhei uma última vez para os dois e vi que ele se levantou. Alguém passou na minha frente e tampou a minha visão.

Sei que ele estendeu a mão na direção dela e perguntou se queria dançar.

O colapso das colônias

Parece uma cena de filme, mas lá está ela na sala da terceira mulher de Rubens vendo fotos de Rubens. Rubens sentado no capô da caminhonete, Rubens de bigode, Rubens muito jovem sem bigode, calças bocas de sino apertadas, penteados estranhos, cabelos brancos, Rubens com camisas velhas listradas, Rubens com crianças, Rubens jogando sinuca no bar do Dinho, Rubens jogando frescobol na Praia Grande, Rubens na campanha das Diretas Já. Rubens grisalho no dia do casamento da mulher com Rubens, o terceiro. A terceira mulher de Rubens chora. Ele gostava muito de você, da sua família.

Foi infarto. Só ficou sabendo depois, não foi ao velório. Recebeu uma ligação da mulher de Rubens. O telefone fixo tocando, ela atendendo na sala antiga, com os móveis antigos, lá também muitas fotos, de todos os tempos. Tinha acabado de deixar o emprego no jornal e agora vivia com o irmão na casa que tinha sido da mãe, uma casa grande demais para duas pessoas. A mãe já havia morrido. E o pai, muito antes, quando eles ainda eram pequenos. Rubens e a outra mulher, a primeira, eram amigos da família, atuavam na mesma organização que os pais. Daquela história, agora restavam ela e o irmão. E a terceira mulher de Rubens, que mal chegou a fazer parte do enredo.

Mas se perde e chega atrasada na casa da terceira mulher de Rubens. Esbaforida, como sempre. E já havia saído tarde de casa. Vê um mendigo sem pernas sobre um skate, vê um saco de lixo furado, um cabo elétrico caindo sobre a calçada, uma mulher com muita raiva dizendo que é contra tudo isso e que é preciso ter pulso firme. Ela também tem raiva, mas por outros motivos. E não tem mãos firmes.

Um motorista não quer parar na faixa e quase a atropela. Antes, no metrô, mesmo atrasada, para na frente do menino do Greenpeace. Eles sempre estão lá, o menino e mais duas meninas. Ela sempre diz "estou com pressa, me desculpe", mas dessa vez para. Ela está atrasada para ir à casa da terceira mulher de Rubens, mas para. Sim, diante do menino com piercing e colete bege, "sim, diga". E escuta, ou melhor, assiste à boca dele se mexendo, a boca e o piercing. Não dá o dinheiro, nem o e-mail, só boa sorte, o trabalho de vocês é muito importante. Chega na frente do prédio de Rubens, o prédio que tinha sido de Rubens, e fica um tempo parada, respirando, como se não soubesse apertar o número do apartamento no interfone. Era o irmão quem deveria estar lá, visitando a antiga casa de Rubens.

Mas ali está ela, suada, com um copo de água na mão, escutando a mulher falar sobre os últimos anos de Rubens, tentando se lembrar, não dos últimos anos – já fazia muito tempo que não o via –, mas de tudo, daqueles outros anos.

Olha às vezes para algum ponto fixo, o pé do sofá, a ponta da folha da planta, algum livro na estante – e tem uma afta na parede interna da boca. Passa a afta entre os dentes e a morde. Faz isso quando tem uma afta na boca. Na verdade, morde, mas de leve, e em seguida massageia com a língua. Ela gosta da afta, apesar de sentir um pouco de dor. E a dor a faz lembrar da afta. A dor a faz lembrar que tem boca (e mucosa oral em volta das gengivas e das bochechas, e língua, e saliva), e que, portanto, está viva. Vinte por cento da população sofre com aftas recorrentes, disse o irmão. A maioria das aftas dura, em média, uma semana e não deixa cicatriz. A sua afta durava mais porque estava em constante atrito com os dentes. A mulher de Rubens pergunta do irmão. Ela diz que ele não pôde vir, que tinha compromissos de trabalho, que agora faz mestrado e está mesmo muito ocupado.

[Aqueles outros anos. Não se lembra muito. 1974, talvez. Ela, a mãe e Rubens morando na casa de um casal desconhecido, um homem com barba e uma mulher grávida. Tinha cinco ou seis anos. Rubens trinta, vinte e oito, trinta e quatro? O irmão ainda não existia. Ela com as pernas tortas e uma barriga saliente, o cabelo cortado em forma de tigela. Naquele dia, usava um vestido amarelo e sandálias com meia. A campainha tocando. Quando isso acontecia, a mãe e Rubens iam para o quarto dos fundos. A vizinha perguntando "quem é a menina que brinca no quintal", e a mulher grávida dizendo "é a filha da minha irmã". Era mentira, mas a mãe havia dito para fazer de conta e para ser educada. A vizinha a olhando dos pés à cabeça. Olhava de volta sem se mover, punha as mãos para trás, como se posasse para uma fotografia. Achava que era assim que devia fazer. Respirava pouco, em silêncio. Talvez mordesse uma afta. O sofá era florido, ela gostava de brincar com a batedeira azul da cozinha e de pressionar o botão liga e desliga da televisão. Rubens a deixava apertar todos os botões. A vizinha passava os olhos por toda a sala, a moça grávida não a deixava entrar.]

O irmão é alto, tem os ombros largos, como os de Rubens. Vai ao clube nadar todos os dias de manhã. As amigas dizem que é bonito. Ela concorda, é bonito, mas acha que ele tem um sorriso estranho, largo demais. Dentes bem alinhados. A diferença de idade entre os dois é grande. Ela se lembra de quando ele nasceu, dos pezinhos e do umbigo preto, ex-cordão umbilical. Pensa no irmão e se lembra também de Rubens, do dia em que Rubens o conheceu.

[Ela não gosta muito. Não quer que Rubens pegue os pezinhos do irmão. Quer que fale com ela, que desenhem juntos a cidade dos homens que andam sobre elefantes, como na época em que viviam no quartinho dos fundos da casa da mulher grávida.]

Quando o irmão ri, os olhos ficam pequenos. Ela gosta. Por isso ri também, ri do sorriso dele. Mas ele não sorri assim o tempo todo. Está mais para calado, encontra pouco os amigos, não gosta dos lugares ruidosos. Pode passar toda a manhã nadando com protetores de silicone no ouvido, em silêncio. Teve uma esposa engenheira, o casamento durou poucos anos, logo se separaram. Ela não sabe por quê. Ele não diz. Há uma capa, uma camada dura de pele ou músculos que a impede de acessar qualquer região mais íntima. Não deu certo, e a conversa se encerra aí. Ela vê o corpo dele se fechando. O que ele mais diz: "é", "é sim", "pode ser". Gosta de conversar, no entanto. Além de biologia, dos animais e organismos vivos, em geral, lhe interessa o funcionamento particular das coisas, ela sabe. Pode passar horas falando, fascinado por algum assunto.

A camisa é sempre social, branca, azul-claro, cinza-claro. Quase sempre cinza-claro. Todas muito bem passadas. Ele mesmo as passa com lentidão. A calça também social. Não gosta de jeans, da textura, das fibras duras. A maior parte do tempo, porém, usa chinelos. Havaianas mesmo. Quando ela trabalha em casa durante a semana e eles descem para comer no restaurante, vai de chinelos, os pés grandes esparramados. Mas está frio, ela diz, mas não combina. Ele acha que é confortável, que os dedos arejam. Gosta de sentir o ar gelado entre eles. Ela acha que Rubens também andava descalço, mas não se lembra muito. Evita as frieiras e a proliferação de fungos. Quer falar sobre Rubens com o irmão, mas ele muda de assunto. Os microrganismos tendem a viver em ambientes fechados e úmidos. As bactérias e os fungos que causam micoses e chulé se alimentam de pele e suor.

[Rubens chegou sem as unhas de um dos pés e uma ferida aberta debaixo do olho. Não se lembra muito, só das unhas faltando e da ferida muito vermelha. A mãe cuidou das feridas de Rubens. Ela tem uma imagem bastante nítida do curativo no olho e da atadura que envolvia a ponta do pé. E das mãos da mãe segurando as mãos de Rubens. O jeito que a mãe olhava os olhos de Rubens. A mulher grávida trazia água numa tigela. Rubens ainda assim sorria e piscava o olho machucado, quase coberto com gaze e esparadrapo, o bigode negro, espesso. Antes daquilo tudo, Rubens e a primeira mulher de Rubens frequentavam a casa dos pais, falavam baixo, bebiam cervejas. Rubens corria atrás dela pelos cômodos. Isso quando ela vivia em uma casa diferente e dormia num quarto grande com uma cama coberta por uma colcha de crochê, e não no colchão do quartinho. O pai ainda não estava preso.]

O otimismo do irmão a enerva, como se tudo estivesse muito bem, como se a louca fosse ela. Ele não quer escutar, não quer enxergar. Um otimismo surdo e cego. Veja esse país, veja esse homem sem pernas sobre um skate. É assim mesmo, ele diz, um dia melhora. Quando era mais novo, dizia que o frio era psicológico. Basta não pensar que tem frio. Ela tinha pedido demissão do jornal porque não aguentava mais as notícias ruins e a falta de sentido. Todo mundo está falando muito e ninguém se entende. E falam muito alto. Também tinha visto a mulher do RH escovando os dentes no banheiro. O cheiro de banheiro de empresa, e a mulher com quem ela nunca tinha falado, de quem sabia apenas isso, era do financeiro, com a boca aberta do seu lado, escovando a língua na frente do espelho. Você problematiza demais, devia comer mais chocolate. Pensar muito atordoa. O irmão sabe a verdade sobre Rubens, mas não quer saber, ela pensa. Ele come todos os dias dois quadradinhos de chocolate amargo à tarde, quase sempre no mesmo horário, enquanto escreve a tese na mesa ao lado da janela. No mínimo setenta por cento. Como você consegue comer só dois? Dois é suficiente, diz.

Agora ela é revisora de uma revista sobre cavalos, Revista Horse, a informação do cavalo no Brasil. Trabalha em casa, e os dois conversam sobre os ginetes. No estado do Espírito Santo, há ocorrência de casos de infecção em equídeos pelo vírus da Febre do Nilo, uma doença neurológica. Os sintomas são falta de coordenação motora, andar cambaleante, cegueira, cabeça baixa, orelhas caídas, apatia. Pode acometer também humanos. Ele só toma cerveja nacional. Um dia ela comprou uma cerveja artesanal de trigo e ele não gostou, disse que não tinha gosto de cerveja. Por que você compra essas coisas caras? Então você nunca vai poder tomar cerveja na Bélgica, o país da cerveja, comentou. Aqui é bom, ele disse.

[Ela tinha medo das abelhas que entravam pelo quintal, meio bêbadas, e encurralavam as suas mãos besuntadas de sorvete de morango. Não sabia onde estava o pai. Mas Rubens estava lá. Rubens não tinha medo. Contava histórias, Ali Babá e os quarenta ladrões. Bigode preto, braços fortes, sorriso firme. As piadas de Rubens. O corpo de Rubens pendurado numa barra de ferro, manchas vermelhas ou roxas. O pai também pendurado, mas ela não sabia. Onde estava o pai? Os dias passando assim, até que bons, jantando em silêncio para não fazer barulho na cozinha, desenhando histórias, aprendendo a dar cambalhota no colchonete do quartinho, as roupas sempre nas malas, as unhas de Rubens crescendo, a ferida no canto do olho secando e virando cicatriz. Enquanto o nenê da moça grávida não chegava, enquanto esperavam por algo que ela não entendia. Pernilongos. A mão de Rubens no cabelo da mãe, a mão da mãe nas costas de Rubens, a mão da mãe na mão de Rubens.]

Ela quer falar de novo sobre Rubens. O irmão não quer falar sobre política. Não é sobre política que eu estou falando, ela diz. E tenta dizer, mas não diz. Ele comprou uma composteira e agora tem um minhocário. As minhocas são seres higiênicos, diz, fragmentam a matéria orgânica e ajudam a criar o húmus que o irmão joga nas plantas. Reduzem os gases do efeito estufa. Você trocou sua mulher pelas minhocas, ela diz, e ele sorri como fechando os olhos. Ela é uma mulher que não é mais jovem e vive numa casa enorme com um irmão, um irmão já com pouco cabelo. Ele de joelhos colhendo minhocas, ela agachada revirando gavetas antigas. Ainda tem medo de abelhas e corre como uma menina, o braço protegendo o rosto. Ele ri e depois fica sério, diz que elas estão morrendo, que há uma intensa redução da população de abelhas no mundo, e esse fenômeno é chamado de Distúrbio do Colapso das Colônias. Nós aqui também estamos todos colapsados, ela diz.

[Até o dia em que estavam na sala e tiveram que correr para o quartinho, apagar as luzes. E depois, no outro dia, entrar num carro cinza, muito tarde, só ela e a mãe. Ela com sono, a mãe com medo. Rubens ia em outro carro. Ela agarrada a ele, e ele a entregando à mãe. Ela não quer soltar, as pernas enroladas no dorso de Rubens, os braços cruzados prensando seu pescoço. Rubens não tinha medo.]

Ela e o irmão não se abraçam. Nem quando a mãe está no hospital. Câncer no pâncreas descoberto em fase avançada, um tumor grande que já havia chegado ao fígado. Às vezes iam os três juntos ao hospital aplicar morfina. Vai dar tudo certo, dizia o irmão, o diagnóstico de câncer não é uma sentença de morte como foi um dia. Na década de oitenta, o índice de cura girava em torno de vinte, trinta por cento; hoje, mais de cinquenta por cento dos pacientes se recuperam. Antes, a quimioterapia atacava as células tumorais e também as saudáveis, já as drogas atuais são mais diretas e atacam a causa do problema. Tudo muito rápido, e então "foi melhor assim, ela vai poder descansar, ela está num lugar muito bom agora".

No cemitério, nem uma lágrima. Viram um cachorro franzino com as costelas à mostra. Ele tinha pena e se abaixou para passar as mãos sobre o pelo curto. "Oi, Costelinha", ele disse. Ela disse que não, não podiam levá-lo. Em casa, foi ao banheiro e jogou água no rosto. Depois procurou o irmão pela sala, mas ele estava na cozinha, sentado no piso, as costas no azulejo gelado, um choro quase seco, apenas uma lágrima, escorrendo por um dos lados do rosto. Deu um soco no chão e em seguida outro. Precisou acalmá-lo como se ele fosse um bebê com sono. Colocou sua cabeça no colo. A mãe, no caixão, parecia uma boneca de cera, e Costelinha devia estar com fome e com frio.

[E há uma parte que ela não recorda muito bem. Sabe que um dia o pai voltou. Foi pouco tempo depois de deixarem a casa da mulher grávida e do homem barbudo. Mas agora quem estava grávida era a mãe. Quando chegou, o pai a abraçou, queria saber como estava a sua menina, se tinha aprendido a amarrar os cadarços. Então, ela, o pai e a mãe barriguda numa cidade pequena do Mato Grosso. Ela correndo num terreno baldio, com os joelhos ralados, chupando aftas na boca e fugindo de abelhas. Depois o nascimento do irmão. E um dia Rubens voltou a aparecer. O pezinho do irmão na mão de Rubens, e ela querendo arrancar as unhinhas, preferia que Rubens olhasse só para ela. Foi só um momento, logo ele devolveu o bebê para a mãe. O pai olhando de longe com o rosto fechado. Fazia muito tempo que não chovia e os movimentos dos adultos da sala pareciam engrenagens enferrujadas, mas ela não entendia. Rubens disse que ia para um lugar onde havia um lago chamado Titicaca. Ela riu. Partiu no dia seguinte, bem cedo, enquanto todos dormiam.]

A terceira mulher de Rubens não tinha pescoço. Ou tinha os ombros levantados demais, ou o pescoço estava atarracado nos ombros levantados. A primeira mulher de Rubens era mais bonita, pensa. Não conheceu a segunda. Tinham se visto antes só uma vez, no velório da mãe. Ela levanta a cabeça e vê o bigode e os cabelos abundantes de Rubens, completamente brancos, os braços ainda fortes, mas um pouco mais murchos. Tênis, moletom. É como se Rubens não envelhecesse, apesar da brancura dos cabelos e do bigode. Eles se abraçam por muito tempo. Rubens lembra que ela gosta de elefantes e que tem medo de abelhas. Ele e o irmão também se abraçam, mas é um abraço hesitante, seguido de tapinhas nas costas. E depois todos em silêncio por alguns segundos. O irmão e Rubens eram diferentes e parecidos.

Ela está sentada na sala da terceira mulher de Rubens, invadida pelos pensamentos. Sabe que tudo isso que pensa, a história que rememora neste instante, pertence à mãe, a Rubens e ao irmão. Mas lá estão ela e a terceira mulher de Rubens se olhando. A mulher se levanta para pegar um lenço e oferece café e um doce de figo. É um prédio velho que se move quando um carro mais pesado passa na rua. Olha para as lombadas sem cor dos livros na estante, imaginando Rubens lendo aquelas outras histórias, Rubens pisando no tapete, Rubens passando pelo corredor, apressado, enquanto assobia. Ela se pergunta como Rubens fazia para dormir com todo aquele barulho. A poeira preta dos automóveis colada na pele de Rubens.

Está sozinha com a história, com sua afta e seus eventos mentais. Agora imagina o rosto de Rubens como o rosto de uma boneca de cera, debaixo da terra, com bigodes brancos. Não entende por quê, deitada na cama como um bezerro desnutrido, costelas como as de Costelinha, a mãe revelou a ela a história, ou o que estava escondido nas entranhas dessa história, a concepção de um bebê. Justo a ela, que tinha medo de abelhas. A história que era do irmão, que era da mãe, que era de Rubens. Ela, apenas uma personagem secundária ou uma espectadora desmemoriada, uma espectadora que não entende o filme porque dormiu no cinema e, quando despertou, acendiam as luzes. E essa espectadora às vezes queria e às vezes não queria fazer parte da história. Como se fosse possível entrar e sair de dentro da tela.

Tinha medo de que o irmão não a deixasse contar, de que não quisesse escutar a própria história. Que colocasse protetores de silicone nos ouvidos e fosse nadar, ou que colocasse fones e ouvisse Beethoven no último volume. Ou que escutasse em silêncio, olhando para o teto, e quando ela dissesse "você não vai dizer nada?", ele se levantasse para alimentar as minhocas. Ou que caísse de joelhos, chorasse um choro sem lágrimas e quebrasse todos os ossos da mão.

Pega uma foto e a vê por mais alguns segundos, antes de dizer que já vai indo. A mulher de Rubens quer que ela leve algo. Para se lembrar dele. Tem as mãos geladas e lhe entrega um disco do Caetano, o preferido de Rubens, diz. Ela não tem vitrola, mas sai com o disco debaixo do braço. Na porta, a terceira mulher de Rubens move o corpo como se quisesse abraçá-la, mas o seu corpo não vai ao seu encontro; depois vai, mas só quando o corpo da mulher já está voltando. Não se abraçam, mas se despedem com beijos no rosto, ou quase beijos, beijos no ar, toques de bochechas com hálito de cigarro. Saindo do prédio, ela vira para o lado errado, anda uma quadra e se dá conta. O ar na rua está pesado, difícil respirar. Vira o corpo e volta pela calçada oposta, então estica o pescoço e olha só mais uma vez para a janela da sala de Rubens.

A história em preto e branco

Dia 1/Prólogo

Ele chegou no fim da tarde, depois de um temporal. A cor do céu não sabemos qual é, porque a história é em preto e branco. O céu normalmente é azul, mas nessa hora do dia, quando a luz começa a acabar e os carros começam a fazer mais ruído, às vezes o espaço acima de nós adquire tonalidades mais próximas ao lilás, rosa, laranja e vermelho. Não nesta história, porém. Veem-se apenas várias tonalidades de cinza, umas partes claras e outras um pouco mais escuras, além das manchas brancas que sabemos ser nuvens, apesar da ausência de cor. Não sei por que a história é em preto e branco. Talvez porque seja sobre meu pai – ou sobre o homem que chegou e disse: eu sou seu pai – e é provável que eu o veja assim, descolorido.

É uma história estranha e difícil de contar. Aconteceu no ano passado. As janelas dos prédios começavam a acender, o chuveiro pingava havia dias, um taco soltava do piso, buzinas, ruídos da mulher de salto alto do andar de cima; e então eu pisando no taco, o taco saindo do lugar, a poeira ou terra e restos de insetos que vivem debaixo dos tacos – e outros tipos de sujeira – se espalhando pelo chão; um vizinho dizendo "cala essa boca", eu caminhando para abrir a porta. Um avião com turbinas que faziam barulho de disco voador. Um retrato de criança entortando na parede. Uma lâmpada piscando no corredor.

Voltei para pegar uma vassoura e varri os restos, coloquei o taco no lugar. A campainha tocou de novo. Um minuto, por favor. Carla não gosta de sujeira e de tacos soltos. Pensei que precisava comprar a cola, colar o taco. Carla não gosta de desordem. Carla não gostaria de ver um velho desconhecido sentado no sofá.

Eu estava sem trabalho. Como as coisas estavam difíceis, decidimos que ficaria um tempo cuidando da casa, dispensamos a empregada. Carla tinha um bom emprego como gerente de marketing. A vida doméstica não me desagradava, servia para avivar os músculos e as articulações. Sempre gostei do brilho e do cheiro limpo do desinfetante. Imagine esta cena em preto e branco: a janela se movendo no reflexo do assoalho cintilante. Só luz e sombra. Minha grande obra. Mas eu sabia o que os outros pensavam em segredo: um homem sustentado pela mulher.

Abri a porta e vi esse homem baixo, sem cor. Era albino, pele e cabelos brancos, assim como sobrancelhas e cílios. Pensei que parecia um fantasma, quase não se distinguia homem e parede. Vestia roupas modestas e pouco limpas, a calça remendada e larga na cintura, as barras malfeitas. O velho disse "Heraldo", e eu continuei a olhá-lo em silêncio, tentando não demonstrar espanto. Parecia nervoso, emocionado. Heraldo, eu sou seu pai. As pálpebras sustentavam olhos claros cuja cor exata não podemos distinguir – lembre-se, a história é em preto e branco –, só é possível enxergá-los cristalinos, acinzentados. Era um pouco estrábico e sua íris tremelicava de maneira estranha, como uma mosca afoita. O homem disse: Eu vim para morrer, e os olhos ficaram úmidos.

Eu tenho olhos e cabelos negros. Meu nome é Luís Otávio Cerqueira Romano. Deve ser um engano, eu disse, impostando uma voz amável, com cuidado, porque não queria magoá-lo. E expliquei que meu pai se chamava Reinaldo. Ele morreu em 1956, numa fazenda na zona rural de Votuporanga. Como o senhor se chama? As duas bolotas inquietas olharam para os meus pés e depois imprecisamente para o meu rosto – pareciam mirar a minha testa, mas eu sabia que buscavam meus olhos. "Ambros", ele disse, e levantou devagar a mão direita, pesada. Abriu com lerdeza a palma, como uma flor cansada, e a estendeu na minha direção. Aquela ação pareceu durar uma vida inteira; enquanto isso, umas trezentas letras poderiam ser lidas pelo cérebro humano, uma bala poderia perfurar a pele e os músculos, chegar ao coração, uma fruta poderia se soltar do galho, espatifar no chão. Tudo em preto e branco. Carla teria feito uns três movimentos durante esses mesmos segundos. Teria piscado umas oito vezes, dado umas três tragadas no cigarro, comido meia coxinha, cortado meia cebola. O homem perguntou se podia entrar e pediu um copo d'água.

Sentado no sofá, tirou do bolso uma foto, pousou o dedo sobre a imagem de uma mulher. "Ana", disse. E esse é mesmo o nome da minha mãe. Na foto, a mulher carregava um bebê, que, suponho, seria eu, se o homem fosse meu pai. Conheci Ana em Macaubal, ela tinha dezesseis anos, seguiu. Eu peguei a foto e não reconheci minha mãe. Era muito antiga e estava manchada, via-se pouco. A moça era muito jovem e tinha orelhas que me pareceram grandes demais para o que eu sabia serem as orelhas da minha mãe. Não achei que fosse uma mulher particularmente bonita. Ela era linda – disse –, gostava de caçar borboletas, um dia pegou uma listrada. Não me lembro muito do rosto da minha mãe, ela morreu quando eu tinha sete anos. Minhas tias, porém, nunca mencionaram essa atividade, tampouco cheguei a ver fotos ou instrumentos que pudessem indicar alguma obsessão por animais alados. Mas senti o copo escorregando da mão cada vez mais suada: conheço bem as ruas esburacadas de Macaubal, a torre da igreja, a cachoeira do Caidô coberta de borboletas.

Sempre soube que meu pai se chamava Reinaldo, mas tinha poucas informações a respeito dele, nem sequer o conheci. Heraldo – disse o velho –, você era um bom menino. – E seu rosto se contraiu, seus olhos se apertaram como se ardessem, os cílios se molharam e gotas de água e muco escorregaram na pele descolorada, acompanhadas de um soluço curto. O rosto se inclinou na direção das palmas das mãos.

Carla chegou às sete, quando a sala já estava escura e eu ainda não tinha me levantado para acender a luz. Eu olhava para o homem sem pigmento que tinha acabado de enxugar as lágrimas e pensava que estávamos dentro de um negativo de filme fotográfico. Carla achou aquilo tudo uma loucura e disse para eu tirá-lo logo dali. Toquei um dos seus ombros e expliquei que ele precisava ir, que deixasse um contato telefônico e eu o ajudaria a encontrar o filho. Ele então começou a tossir uma tosse infinita. Carla deu tapas em suas costas, eu corri para buscar mais água, o velho se encurvava e tapava a boca com as mãos brancas. Quando as afastou, vimos que estavam cheias de sangue preto.

Dia 2
O homem tinha dormido no sofá-cama do escritório, porque estava muito fraco. Levantei-me algumas vezes e verifiquei se ainda respirava. Medi seu pulso, sobre uma pele muito fina. De manhã, encontrei-o sentado na cozinha, curvado. Alçou o rosto ao notar a minha presença. Parecia bem e disse: sente-se, Heraldo. Eu não sabia como agir. Acendi o fogão para o café. O velho olhou para cima e continuou: quando você era pequeno, tinha medo do fogo. Não, Ambros, tentei dizer, mas ele insistia: uma vez você tentou segurar uma chama com a mão. Decerto, achou o fogo bonito. O dedo queimou. Depois não quis mais chegar perto. Eu repeti que meu nome era Luís, que meu pai se chamava Reinaldo, que ele tinha sido agricultor e se parecia comigo. O homem disse que eu não sabia a verdade.

Carla saiu, mas antes me fez prometer que o mandaria embora. Nós nos sentamos na sala e eu me pus a mostrar minhas únicas fotos de infância: eu, aos nove, dando de comer a um cavalo; aos sete, com tia Augusta e tia Angélica no parque municipal; aos dez, no colégio, entre duas freiras, vestindo uma camisa de gola. Queria convencê-lo. Mostrei também minha certidão de nascimento. Ela quase se desfez em minhas mãos. Ele levantou e abaixou a xícara de café repetidas vezes, mas não disse nada. Comecei a enxergar minha infância como um quarto distante cheio de vapor.

Um dia eu trouxe uma concha do mar – disse –, é porque eu era marinheiro. Viajava muito, por isso você não se lembra. Você dormia com a concha debaixo do travesseiro. Eu pensei: como um homem assim tão branco poderia trabalhar num navio, debaixo do sol, mas não pude deixar de vê-lo, jovem, num filme mudo, manobrando uma vela sob o vento. Nós vivíamos em uma casinha pequena com janelas de madeira – seguiu –, você gostava de futebol, uma vez fomos ver o Corinthians no estádio. (Eu não disse nada, mas torço para o Santos). O velho tinha a voz doce, uma mirada cândida, apesar de torta. Às vezes triste. Tinha cílios longos, e os olhos vesgos me pareciam ternos.

Telefonei para minhas tias, perguntei sobre minha mãe, se ela em algum momento tinha conhecido outro homem. Um homem albino. Disseram que não. Desejei perguntar mais sobre mim, sobre minha mãe e meu pai, mas há alguns anos ambas apresentam alguns sintomas de demência senil.

Servi o almoço. Ele cochilou no sofá. Quando despertou, pegou o tabuleiro de xadrez sobre a mesa e perguntou se podíamos jogar. Passamos a tarde assim, movendo peças brancas e pretas em silêncio.

Carla voltou e disse que eu era um estúpido.

Dia 3

De manhã, o homem que dizia ser meu pai teve outro acesso de tosse. As veias negras saltavam de sua testa, que parecia um mapa hidrográfico. Eu queria levá-lo ao médico. Ele se recusou, pediu um chá. Eu liguei o aquecedor elétrico e o cobri com uma manta. Carla saiu sem dizer bom-dia.

Aos poucos, sentiu-se melhor e disse: eu estou morrendo, Heraldo. Mas eu não soube o que dizer. E continuou: você nasceu numa noite com muitas estrelas, fazia calor, nasceu sem cabelo, com a cabeça grande e não chorou. Só chorou dias depois, porque uma formiga picou seu braço. Seu cabelo só cresceu depois dos dois anos, a primeira palavra que você disse foi "porta", o seu primeiro brinquedo foi um caminhão de madeira, você tinha pesadelos todas as noites, você gostava de ouvir histórias, você uma vez caçou um sapo, pegou catapora e ficou com uma marca no queixo.

Sua mãe usava colônia de alfazema (e aquela memória pareceu quase verdadeira).

Caminhava segurando as calças, que estavam largas. Tudo naquele homem era lentidão. Telefonei para um amigo da família em Macaubal e perguntei sobre Ambros. Liguei para o cartório da cidade, pedi que buscassem documentos com esse nome. Nenhuma informação. Disse a ele: minhas tias não te conhecem, falam que você não existe. Isso é porque são mentirosas – respondeu –, aquelas víboras.

Dia 4
Olhei-me no espelho e afastei a barba com os dedos procurando por algum sinal antigo de catapora. Depois de alguns minutos, acreditei ter encontrado uma minúscula mancha se distinguindo da pele. Carla disse: não há nada aí, absolutamente nada. Você está louco. E bateu a porta.

Meu pai se levantou e calçou devagar o sapato no pé esquerdo, eu teria calçado primeiro no direito. Meu pai foi até a estante e escolheu o livro mais fino, eu teria pegado o mais grosso. Abriu a janela e olhou na direção dos morros, eu sempre olho na direção dos prédios. No almoço, meu pai colocou o arroz sobre o feijão, eu coloquei o feijão sobre o arroz. Meu pai colocou quatro colheres de açúcar no café, eu não coloquei nenhuma. Meu pai tomou água com limão espremido, eu também.

Precisávamos terminar uma partida de xadrez. Ele me olhou com a mesma vista tiritante, na direção do meu nariz, e disse sorrindo: um dia vimos um homem todo vermelho. Eu disse que não existem homens vermelhos. Ele disse que sim, que era vermelho. Perguntei se o vermelho era sangue ou se o homem era um índio pintado. Ele disse que não, que só era vermelho. A história é em preto em branco, por isso o vermelho aparecia apenas nas palavras do meu pai e em nossa imaginação, como uma memória distante ou um desejo nunca realizado. Eu também sorri.

Dia 5
Passamos o dia jogando xadrez.

Carla não voltou.

No fim do dia, o escuro veio das profundezas da cidade e entrou pela janela. Os móveis se tingiram de cinza-chumbo, assim como nós. Escutamos os ruídos estranhos dos outros apartamentos e da rua. Ele olhou para o chão. Perguntei: que foi? Ele não respondeu. Eu não sabia o que dizer, então não disse nada. Deitei minha cabeça no seu colo. Ele moveu as mãos em câmera lenta e tocou os meus cabelos quase sem tocá-los.

Tossiu a noite toda. Teve febre.

Dia 6/Fim
Eu estava deitado e escutei o ruído da porta da sala se abrindo, se fechando. Passos que levavam alguém para longe. Levantei da cama, calcei os chinelos Rider sobre as meias e caminhei até a saída. O apartamento parecia uma cidade despovoada. Desci os primeiros degraus das escadas do prédio e disse o seu nome. Ele não respondeu, então eu disse: pai?

Escutava seus passos e via sua sombra quase negra caminhando pelos degraus, mas não podia ver seu corpo. Seus pés caminhavam num compasso específico, já havia me habituado a ele. Seus sapatos tinham solas mais duras que os demais sapatos. Meus chinelos também faziam o rumor que normalmente fazem esses semicalçados quando descemos escadas: as solas soltam-se do calcanhar, batem nos degraus. Minhas mãos escorregaram desajeitadas pelo corrimão e arderam um pouco. A sombra então pareceu aumentar de tamanho.

Na saída do prédio, vi suas costas cor de chumbo. Um clarão branco importunou minhas retinas. Ele ainda não respondia quando chamava. Uma nuvem quase cinza caminhou sobre o céu cinza. Uma roda de carro por pouco não caminhou sobre meu pé direito. O vento forte parecia querer varrer carros, edifícios, postes e gás carbônico da rua, descolar o asfalto do chão.

Meu pai atravessou a rua, meu pai levantou os braços devagar e fez sinal para um ônibus. O ônibus parou. Meu pai agarrou-se ao corrimão e alavancou o corpo para dentro. O ônibus partiu. Corri para pegar o ônibus seguinte. Meu ônibus era Vila Aurora 479-F. O ônibus do meu pai era Vila Aurora 854-M. Um, dois, três degraus. A mão na barra de metal. O bilhete para o cobrador, uma múmia cinza com mãos que abrem e fecham a caixa do troco. A catraca fez ruído de catraca. Um trovão e um ensaio de relâmpago, mais um trovão e dois relâmpagos fortes. O céu trocando de cor: cinza-claro, cinza-escuro, preto. Gotas nas janelas, janelas embaçando.

Minha vista se atrapalhava com a quantidade de água, mas eu não tirava os olhos do veículo da frente. Pensei ter visto meu pai descendo. Dei sinal, desci. A chuva estava forte, e eu, de chinelos e meias. A cada passo, uma folha caía, uma árvore se retorcia e por pouco não era arrancada como se fosse brócolis. O homem de costas – talvez meu pai – entrou numa viela suja, com casas improvisadas. Eu o segui. A rua alagou. A água alcançou nossos joelhos, entrou entre meus pés e os chinelos. A cada passo, um peso interminável nos pés. Senti bolhas se formando dentro das meias, meus dedos ásperos e aflitivos quando se tocavam. A água era preta e eu não sabia o que podia encontrar por ali. Sabia que a pele enrugava naquela fundura.

Meu pai seguiu andando, distante. Vi um homem se cobrindo com uma pasta de papelão derretida, um jovem navegando sobre uma prancha de surf, os mamilos de uma mulher com os cabelos grudados no rosto e uma blusa preta aderida aos seios, um cachorro nadando cachorrinho, um colchão boiando em movimentos circulares, pessoas comprimidas sob o toldo de um bar – todas mexiam no celular, algumas faziam fotos. Vi quatro semáforos quebrados. Uma família tentava alçar um sofá até o telhado. Uma mulher deixou cair laranjas na água e, quando se abaixou para recuperá-las, a sacola com as bananas foi levada pela correnteza. As sarjetas formaram cachoeiras. Um coelho imóvel aguardava em cima de um muro. Meu globo ocular era preto e branco.

Depois não o vi mais. Entrei num bar, tirei minhas meias, torci minha blusa. Um homem avantajado, de regata e pelos abundantes, me olhou como se fosse o Clint Eastwood. Perguntei se ele conhecia um senhor chamado Ambros, um homem albino. Ele disse "Mambos?", eu disse "Ambros". E me senti estranho. Respondeu que não havia ninguém com esse nome ali, mas que às vezes via um velho claro zanzando na rua de trás.

Ainda me sinto culpado por não ter procurado mais por ele. Todas as noites fecho os olhos e vejo seu rosto branco fosforescente sobre a o fundo preto. Mas no fundo já sabia: quando eu o encontrasse, ele estaria morto.

Os dois finais

Esta história tem dois finais.

Começo dizendo que os jogadores de futebol são todos supersticiosos. Há sete deles caídos no chão do apartamento agora. O mais magro parece ter espumado pela boca. Hoje à tarde jogariam a final. Seria o dia mais importante de suas vidas.

Ontem estávamos dançando funk, eu usava um vestido dourado com um decote nas costas, botas de couro. Tudo brilhava, o meu corpo, os rostos e os cabelos deles, porque estávamos genuinamente felizes, suados e jogávamos glitter uns nos outros. O lugar era alto e tinha uma janela grande, a gente via todas aquelas luzes dos prédios e também a cúpula da catedral que o prefeito mandou iluminar com uma luz de LED azul. Apesar de feia, ela e o céu crepuscular estão em todos os cartões postais.

O que eu cobro pela noite não é pouco, mas para eles não é nada. Há cinco anos passei a fazer parte do catálogo de uma agência; umas fotos minhas são mostradas para gente com grana em uma espécie de cardápio. Meu diferencial é ter cabelos pretos – quase todas as meninas são loiras. Nunca precisei de silicone, mas fiz progressiva. Já tenho algum dinheiro guardado, nunca achei que isso fosse acontecer.

Ganhei muito com eles, mas não me arrependo de ter feito isso. Agora estou sentada no ônibus, na estrada. O ar-condicionado congela minhas coxas, e só às vezes deixo de escrever para bater as unhas no vidro, vermelhas. O ruído me agrada. Meus olhos estão secos e ardem, qualquer um poderia notar que eu não choro há muito tempo. Conto a história por escrito, gosto de como ela aparece no papel.

Começaram a dizer que quem dormia comigo jogava muito no dia seguinte. Até o Marcílio, um zagueiro perna de pau, fez dois gols. Zéu, meu avô, diria que o mérito era todo do Elvis, que cobrou um escanteio perfeito; a bola redonda na cabeça do companheiro. O Elvis também estava saindo comigo. Agora eles estão no chão do apartamento, talvez estejam vivos.

—

Zéu, Luciano e eu víamos todas as partidas que passavam na televisão. Quando não transmitiam o campeonato local, assistíamos aos jogos dos outros estados. Zéu era fanático, nós dois acabamos ficando também. Zéu nos ensinou tudo o que sabemos sobre futebol. E sobre todas as outras coisas: ler, escrever, sinônimos, concordância verbal, preparar a comida, cortar o próprio cabelo e a própria unha, esquentar os pés no inverno, fingir que sabe algo quando não sabe, cantar, consertar o relógio. Tinha o rosto magro e limpo, cabelos brancos, umas orelhas grandes com as bordas afastadas da cabeça. Sempre imaginei que escutasse melhor que os demais, até os ruídos das pessoas que não dizem nada porque estão sozinhas ou porque não sabem o que dizer. Luciano e eu.

Aos outros, eu dizia que Zéu era meu avô. Era como se fosse. Eles contavam que me acharam no estacionamento da funilaria. Nos fundos dela há um terreno baldio enorme. Eu devia ter uns três anos. Estava dentro de um pneu, descalça e vestia só um short rosa encardido. Guardo esse shortinho até hoje, a única coisa que é realmente minha; os sapatos, roupas, brincos e perfumes que compro, nada disso é meu. Não sei o que eu estava fazendo ali, não me lembro mesmo. Zéu disse que eu tinha um machucado na barriga, um corte profundo já infeccionando. Ainda levo comigo a cicatriz vertical. Quando os clientes perguntam, digo que sofri um acidente de carro e fiquei presa nas ferragens, resisti a um assalto com faca, meu padrasto me batia com cinta, me fizeram uma cesariana defeituosa e o bebê morreu, é por causa da minha religião. Alguns se compadecem e pagam mais, outros nunca mais me procuram.

Meu nome é Luzia, porque Zéu escolheu, era o nome da sua mãe. Luciano era o nome do irmão. Zéu era sozinho, só tinha um sobrinho, Itamar, que usava regata e uma correntinha dourada com crucifixo. Vinha às vezes pedir dinheiro. Itamar me olhava de um jeito estranho. Desde cedo aprendi a suspeitar daquele crucifixo. Ninguém gostava dele, Luciano dizia que fedia a meia suada. Tínhamos sensibilidade olfativa.

Luciano tinha um odor específico que não sei descrever. Nenhum sabão do mundo seria capaz de remover aquele cheiro. Ele chegou primeiro, estava de mãos dadas com Zéu no dia em que me encontraram.

Zéu esbarrou nele na capital, então viu uma mulher embriagada pedindo esmola com três crianças. Disse que teve pena das três, mas principalmente de uma com olhos tristes e queimadura na mão. Zéu disse que deu cinquenta reais à mulher e pediu para levar o menino. Luciano tinha mesmo olhos puros, mas um nariz feio que lhe endurecia o rosto. Eu teria desenhado aquele rosto.

Não éramos irmãos de verdade, mas éramos irmãos de feridas. Eu e meu corte na barriga, Luciano e sua queimadura enrugada nas costas da mão. Tínhamos nossas cicatrizes, eram nossos sinais de nascença, marcas de família. Ele sempre foi de falar pouco; quando abria a boca, eu via seus dentes espaçados. Deitávamos no telhado, e ele encostava a marca da queimadura na minha cicatriz, nos ligávamos. Era como se a mão grudasse na barriga.

Passávamos horas chutando uma bola murcha contra a parede. Luciano me ensinou a usar o peito do pé. Na casa também vivia a Jacinta, uma cachorra vira-lata, que brotou do chão como nós. Jacinta era uma ótima goleira, agarrava a bola no ar com os dentes, até os chutes mais fortes. O objetivo era a bola bater na parede e fazer uma marca. A parede suja das manchas de tantos anos, marcas redondas. Jacinta já era velha e morreu no dia da minha primeira menstruação.

Um dia eu estava no bar comprando chiclete e um homem colocou a mão debaixo do meu vestido. Depois tentou colocar a língua dentro da minha boca, mas eu não abri. Uma mulher bêbada que estava fumando na porta disse "deixa a menina". Ele olhou para ela, coçou a perna e foi embora.

Zéu consertava qualquer coisa, vivia disso. Tinha aprendido sozinho. Preferia os relógios, mas também qualquer aparelho eletrônico, brinquedos. Às vezes o reparo custava caro e os clientes desistiam, deixavam as coisas ali. Ele não jogava nada fora. A casa estava cheia de objetos antigos de todos os tipos: relógios e rádios de várias gerações, máquinas de escrever, televisões, máquinas de costura. Ele também trazia qualquer coisa que encontrasse jogada na rua. As pessoas sabiam e levavam até a casa tudo o que não queriam. Esses eram os nossos brinquedos. Lembro de uma boneca sem olhos, um urso de pelúcia sem pelúcia, um cacho de uvas de plástico. Colecionava até os sapatos velhos que ele mesmo não usava, estava sempre descalço, as solas dos pés duras como o calçamento. Se pudesse, Zéu teria tudo o que existe. Aquela casa era praticamente o mundo.

Também tínhamos livros, mas não tínhamos internet, eu nem sabia o que era isso. Ficava louca quando via um celular. Zéu dizia que eu era inteligente, que um dia seria rica e compraria o que quisesse. Quando eu usei a palavra *estrondoso*, ele ficou admirado. Sempre dizia que as histórias dos livros eram mais bonitas que as das novelas, vivia irritado com a inteligência dos protagonistas televisivos. Tudo o que Zéu não sabia, aprendíamos nas enciclopédias. A casa tinha duas coleções, que compramos usadas do velho da papelaria. Esse homem era o exato oposto de Zéu – a começar pela expressão carrancuda

–, queria vender tudo o que tinha antes de morrer, ficar sem nada. Não tínhamos dinheiro para comprar a coleção completa, então adquiríamos os volumes aos poucos, primeiro a letra A, depois a B etc. Demorei uma eternidade para ter acesso às palavras iniciadas com R.

Quando me sentia estranha, ia até o estacionamento da funilaria para me ver muito pequena com a barriga cortada. Passava os olhos pelo terreno vazio, a terra batida, alguns pedaços preenchidos de grama e pedras. Imaginava meus pés pretos, sentia secura e aspereza neles. Não sei por que via a menina dentro do pneu – no caso, eu – olhando a lua. Só um satélite podia saber como eu tinha ido parar ali.

A única vez que vi Zéu chorando foi quando nosso time perdeu a final do campeonato.

Na cidade há dois times, esses homens deitados no chão do apartamento jogam todos no que tem mais dinheiro, mais torcedores. Zéu, torcia para o outro. Luciano e eu também, mas éramos menos arrebatados.

Quem começou tudo foi o Willian. Ele tem esse apartamento aonde leva as garotas. Um dia viu uma foto minha e me chamou. Estava voltando de contusão, jogando mal, quase sempre no banco. O Willian sentado no sofá sem camisa com as pernas abertas, fazendo um sinal com o dedo indicador e dizendo "vem cá, princesa" e logo enfiando a mão debaixo da minha saia, igual ao homem do bar.

No dia seguinte entrou aos trinta e cinco do segundo tempo e fez dois gols. O primeiro, depois de deslizar a bola debaixo das pernas do volante, depois fazer uma tabela rápida com o Ericsson e passar voando por uns cinco jogadores – seus pés pareciam não tocar o gramado e a bola parecia estar grudada neles – até chegar na grande área, onde driblou o último e chutou no canto, na saída do goleiro. O segundo, um chute de fora da área, no ângulo, após contornar a bola com a perna esquerda e chutar com a direita. Foi bonito, o rosto dele cintilava na televisão. Pegou meu número, passou a telefonar todas as quintas. Marcamos na véspera do jogo seguinte e do outro e do outro, ele sempre muito bem, já disputando a artilharia.

Um dia, ele não pôde me ver e jogou de forma grotesca. Os pés pareciam tropeçar em si próprios, a bola batia na canela e saía pela lateral. Se eu entrasse em campo com meu salto Kitten Heel, teria jogado melhor. Ele se desesperou, me ligou, disse que não podia ficar sem mim, que pagava quanto eu quisesse. Quando nos vimos de novo, se ajoelhou e abraçou minhas pernas. Voltou a jogar bem. Acabou contando para os companheiros de time. Minha fama se espalhou pelo vestiário. Conheci também o Júnior, que marcou de bicicleta, e os dois volantes, Lynides e André Gustavo. Elvis, Thiaguinho, Marcílio etc.

—

Comecei a fazer programas com homens num bom momento. Nessa época eu e Luciano vivíamos na capital do estado, longe de Zéu, das enciclopédias, da funilaria. Um dia Luciano sumiu. Ele dizia que trabalhava numa oficina mecânica, mas eu sabia que andava vendendo drogas. Nessa época, eu lavava pratos no restaurante da dona da pensão onde vivíamos. Minha mão vivia seca por causa do sabão, mas eu me distraía com a água, pensava em coisas boas, era refrescante. Dois dias depois, fui atrás dos garotos do tráfico e perguntei por ele, disse que era meu irmão. Demoraram a entender de quem estava falando, lá ele era conhecido por Vítor. Contaram que tinha sido preso em flagrante. Passei um tempo procurando em vão em delegacias e presídios da região. Espero que eles tenham enciclopédias nas penitenciárias.

Eu estava sozinha. Antes de tudo isso, nós dois tínhamos fugido da casa. Foi depois que o lado esquerdo de Zéu adormeceu. Sua boca e seus olhos entortaram, ele passou a falar uma língua incompreensível. Tivemos que levá-lo ao hospital e, chegando lá, nos fizeram telefonar para Itamar. Zéu teve um derrame cerebral, ficou com sequelas. Seguiu mudo e paralisado, soltando às vezes algumas palavras só suas, que não entendíamos. Itamar se mudou para a casa, disse que agora o dono era ele. Eu sentia calafrios. Já tinha seios e tamanho de gente adulta. Itamar não tirava os olhos de mim.

Fim de tarde. Luciano saindo para jogar com os meninos da rua de baixo. Zéu sentado na mesa da cozinha, curvado, com o olho caído. Itamar entrando no quarto, Itamar, os pelos, o suor, o crucifixo dourado da correntinha batendo no meu queixo.

Quando Luciano chegou, eu estava no chão. Não chorei. Luciano sabia onde Zéu escondia o dinheiro e disse para irmos embora.

Os atletas podem beber uma cerveja ou uma taça de vinho diárias, durante as refeições, e três chopes por noite, em dias especiais. Qualquer um sabe que a recomendação, porém, é não consumir álcool vinte e quatro horas antes de uma partida. Na noite passada, bebemos muito mais do que isso. Mas eu também coloquei soníferos em suas bebidas.

Poderia ter sido cicuta, arsênico, cianeto. Dançamos muito, bebemos champanhe e catuaba. Eles se divertiram, me acariciaram. Comentavam como seria a partida, as jogadas, me pediam coisas. Eu sorria. Aqueles cortes de cabelo ridículos. Faziam troça do time adversário, o nosso time.

Nos dois anos em que eu e Luciano vivemos no quarto dos fundos da pensão, passamos várias noites deitados de mãos dadas; ele também roçava os dedos na cicatriz da minha barriga. Sempre gostou de descrever os lugares novos que conhecia. Mas também ficávamos muito em silêncio. Um dia eu olhei nos olhos dele e perguntei se não ia dizer nada. Ele não disse. Eu não sabia se aquilo que não dizíamos era segredo ou telepatia. Nessa noite, tocou o meu pescoço, depois o meu seio. Foi a única vez.

Nos abraçamos até nossos corpos se fundirem. Ele desapareceu na semana seguinte.

Foi por isso que comecei a escrever, para prestar atenção quando as coisas são muito bonitas ou muito tristes. Quando escrevo estas palavras, porém, é como se o passado deixasse de existir de verdade. Como se tudo o que conto agora tivesse sido inventado. Quando termino um parágrafo e releio o que acabei de escrever, parece que eu sou uma personagem.

Uns meses depois do sumiço de Luciano, arranjei um trabalho melhor num bar. Um homem calvo que ia sempre ali disse que eu era linda demais para ficar atrás de um balcão engordurado, que eu podia até ser modelo. Eu também me achava bonita demais para qualquer profissão que não fosse escritora, jogadora ou policial – acho bonito mulher segurando arma. Ele me levou até a agência e eu passei a ganhar muito dinheiro.

Trabalho só algumas noites e tenho tempo de ler e fazer minhas coisas. Se os homens não cheiram mal, não é um problema. Alguns deles me pedem para fazer coisas estranhas, como lamber os meus pés, comer meu cabelo ou passar o pau nas minhas costas. Não que eu goste, mas também não me incomodo. Sinto até pena.

—

Hoje eles disputariam a final do campeonato estadual. As esposas acham que estão na concentração; o treinador e a comissão técnica acham que estão na casa das esposas. Poderiam ter dito que não era uma boa ideia quando propus uma festa com todos no apartamento do Willian e prometi que se todos passassem a noite comigo seriam campeões com folga, jogariam a melhor partida da história do clube. Poderiam ter negado, mas se viciaram na glória, em sentir as pernas voando sobre o campo, os movimentos automáticos, como se o corpo soubesse se mexer sozinho e dançasse, apenas vivesse.

Eles desmaiaram, e eu tomei um banho. Estavam quase abraçados. Vi os músculos, pelos, líquidos, peles – testosterona esparramada pelo chão – e aquilo me pareceu um corpo único de braços de polvo e monstro de seis cabeças. Eram até bonitos assim, pareciam anjos esculpidos, barrocos. Peguei minha bolsa, todos os celulares e o telefone fixo, tranquei a porta. Nenhum deles sabia o meu verdadeiro nome – se é que algum dia tive um.

Peguei um táxi até a rodoviária. Joguei as chaves do apartamento na lixeira. Eu poderia ter fechado todas as janelas e ligado o gás, poderia ter dado golpes em suas cabeças adormecidas com a estatueta da Marilyn Monroe, que estava sobre o aparador. Envolvi a estatueta entre os dedos. Ela me pareceu bonita, quis levá-la comigo. Despertarão em algum momento – talvez – depois da final ou um pouco antes. Juntos pensarão em algum modo de sair dali.

Escrevo a minha história sentada no ônibus e não quero chegar. Se pudesse escolher, não saberia o final. Minhas pernas estão cansadas, sinto quase todos os músculos estirados, como se tivesse passado o dia malhando na academia. Minha meia-calça tem um furo na coxa, meus cabelos estão presos num coque alto, sinto o ar gelado no pescoço. Gosto de acariciar a cicatriz da barriga. Algum final há de haver, no entanto. Tampouco imagino a história incompleta.

—

Final número 1
Saio da rodoviária e caminho até a antiga casa. Abro a porta e vejo Zéu no mesmo local de sempre. As coisas estão ali como as deixamos, porém mais empoeiradas. Zéu está numa cadeira da cozinha e tem o rosto caído. É como se tivesse sido embalsamado. Ele continua sem poder dizer nada, mas mexe um pouco os olhos. Eu sei que me reconhece. Entra um homem pela porta, ele é alto e tem a cabeça raspada, carrega sacolas de supermercado. Vejo sua mão direita e procuro a cicatriz. Digo "Luciano". Nos abraçamos. Ele tem quase o mesmo cheiro, mas eu me lembrava de ser mais doce. Sinto sua pele, seguro sua nuca. Quando estamos nos afastando, Itamar aparece. Zéu continua mudo, com o rosto caído. Itamar está muito gordo e tem o cabelo mais branco e comprido. Itamar sem camisa, a correntinha dourada brilhando no pescoço. Parece ainda mais peludo. Itamar sorri e diz que quem é vivo sempre aparece. Move a mão na direção do meu ombro. Luciano segura a mão. Tiro a Marilyn Monroe da bolsa e golpeio a cabeça de Itamar. Um pouco de sangue espirra no meu rosto. O corpo cai no chão, o ruído é *estrondoso*. Luciano me limpa com um pano molhado. Precisamos ir, mas não sabemos como levar Zéu conosco.

Seguramos suas mãos e cantamos juntos. Zéu entende e nos deixa partir.

Final número 2
Quase não reconheço a cidade, está tudo mais velho ou mais novo. Há poucas pessoas nas ruas. Caminho um pouco perdida até encontrar o local, mas a casa já não está lá; no lugar dela construíram outra funilaria – é tudo o que constroem nesse lugar. Passeio pela funilaria, Zéu não está. Percorro o que seria o quintal da casa em busca de algum sinal indicando que um homem pudesse ter sido sepultado ali. Não encontro nada. Decido caminhar até o cemitério. Estou pensativa: a memória que ficou estagnada no ar entrando pelos meus ouvidos. Também não há nenhum túmulo com o nome de Zéu. Posso perguntar em outras casas, mas tenho medo. A correntinha que brilha no pescoço, o crucifixo. Abro a bolsa e apalpo a estatueta da Marilyn, me sinto mais segura. Levanto os olhos e vejo a outra funilaria, a primeira, onde Zéu me encontrou. Já está de noite. Vou até os fundos, o terreno baldio. Vejo uma menina perdida ou menino perdido, ou talvez ambos, gêmeos, dentro de um pneu. Ela/ele/eles têm uma ferida na barriga ou na mão ou na perna ou na cabeça. Olhamos para a lua, sorrimos. Eu a/o/os seguro pela mão e vamos embora dali.

AGRADECIMENTOS

Este livro existe graças à energia da editora Simone Paulino, aos vários empurrões da Noemi Jaffe, à existência de um lugar chamado *Escrevedeira*, à companhia de um grupo de escritores chamado *Tapoé*, e às leituras generosas de Emilio Fraia, Julia Ianina, Julián Fuks, Mateus Baldi, Thiago Blumenthal e Paloma Vidal.

Dados Internacionais de Catalogação na Publicação (CIP)
de acordo com ISBD

C671v
Codo, Julia
   Você não vai dizer nada / Julia Codo
   São Paulo: Editora Nós, 2021
   160 pp.

ISBN: 978-65-86135-30-5

1. Literatura brasileira. 2. Contos. I. Título.

2021-1636 CDD 869.8992301 CDU 821.134.3(81)-34

Elaborado por Vagner Rodolfo da Silva, CRB-8/9410

Índice para catálogo sistemático:
1. Literatura brasileira: Contos 869.8992301
2. Literatura brasileira: Contos 821.134.3(81)-34

© Editora Nós, 2021

Direção editorial SIMONE PAULINO
Assistente editorial JOYCE DE ALMEIDA
Projeto gráfico BLOCO GRÁFICO
Assistente de design STEPHANIE Y. SHU
Revisão ALEX SENS

Imagem de capa EDUARDO SANCINETTI
Encontro dos Rios, 2019, 84 × 112 cm,
pochoir, acrílica sobre lona.

2ª reimpressão, 2022

Texto atualizado segundo o novo Acordo Ortográfico da Língua Portuguesa.

Todos os direitos desta edição reservados à Editora Nós
Rua Purpurina, 198, cj 31
Vila Madalena, São Paulo, SP | CEP 05435-030
www.editoranos.com.br

Fonte TIEMPOS
Papel PÓLEN NATURAL 80g/m²
Impressão GEOGRÁFICA